中 国 高 等 院 校 设 计 教 程

字体设计基础教程

吴红梅 吴 芳 著

U0139901

广西美术出版社

中国高等院校艺术设计教程

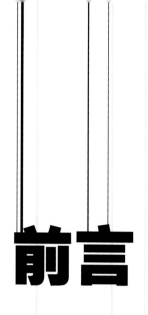

前言

　　文字，是人类思想感情交流的必然产物。字体设计作为一种艺术活动，是人类生产与实践的产物，也总是与人类生活和社会生活紧密联系在一起。随着人类文明的演进，现代文化资讯的发展以及阅读的视觉化与艺术化，为字体设计提供了广泛的选择余地，并使现代字体设计的表现手法逐步趋向极大的丰富性和开放性。在信息化、数字化等崭新手段的操作下，字体设计不断迸发出新的概念与全新的视觉反应。因此，字体设计是增强视觉传达效果，提高作品的诉求力，赋予版面审美价值的一种重要构成技术。

　　任何一件平面设计作品，都是通过文字、色彩、图形及图文编排而形成一个完整的画面，因此字体设计是平面专业设计基础课程的重要组成部分，它与色彩、图形共同组成了平面视觉传达设计的核心，是标志设计、包装设计、广告设计和书籍装帧设计等专业课程的基础。字体设计是探讨文字的造型理论与视觉规律的设计基础课程，字体设计将贯穿平面设计专业的每一个专业课程，是非常重要的专业课程之一。

　　一、字体设计课的教学内容及安排

　　1. 字体设计基础训练（包括字体设计概述、字体设计的历史发展和风格演变、字体的基本结构和形式特点，以认识字体基本结构和形式特点为主）。通过课程学习，使学生全面而系统地了解与认识文字的基本骨格、文字的自身意义与视觉设计的基本规律、各种造型手段以及字体设计的历史变革，学会借鉴世界优秀设计师的经验和方法。

　　2. 字体设计的创意方法训练（包括字体的基本结构与变化、字体设计的基本创意方法、字体设计的表现手法、字体设计的基本步骤及字体设计在平面设计中的应用等）。通过全面系统地学习字体设计的规律与创意方法，使学生拓展眼界，提高视觉美感，提高设计思维意识和字体的创意造型能力，并能在特定的空间上设计出满足实用需求和符合视觉审美的文字。并学会借鉴世界优秀设计师的经验和设计方法，结合现代设计的思维运用到具体的设计实践当中。

二、教学方法的原则性建议

1. 详细讲解字体设计的基本理论知识，分析优秀字体设计作品，提高学生对字体的认识。

2. 字体设计课的作业应该以大量创意设计实践为主，并收集描摹一定量优秀的各种字体设计及在平面设计中的运用，课程考核及具体作业量由任课教师拟定。

三、字体设计的训练方法

字体设计课程总学时为120学时，可将课程分为两个阶段来训练。

第一阶段主要为基础性训练，要求学生全面而系统地了解与认识文字的基本骨格、文字的自身意义与视觉设计的基本规律、各种造型手段以及字体设计的历史变革，学会借鉴世界优秀设计师的经验和方法。

第二阶段主要训练学生的创意方法，要求学生拓展眼界，提高视觉美感，提高设计思维意识和字体的创意造型能力，并能在特定的空间上设计出满足实用需求和符合视觉审美的文字。

四、字体设计课的重点及难点

课程的重点：对字体基本理论知识和设计技能的理解和掌握。

课程的难点：字体设计的创意方法

五、课程考核方法和标准

字体设计课程是一门实践性及强的课程，考核评定必须随堂进行，以完成各阶段课题要求的作业为主要评定对象。评定成绩以100分制记，由两部分组成：第一部分由任课教师对整个学习过程进行评定，占总成绩的30%；第二部分由专业教师集体对学生作业进行评分，占总成绩的70%。

目录

第一课　字体设计概述

课程名称： 字体设计概述。

授课时数： 四学时。

教学目的： 1．掌握字体设计的基础理论和基本设计理念。

　　　　　　2．理解印刷字体、书法艺术及装饰表现字体设计之间的相互影响和作用。

　　　　　　3．了解字体设计课程的重要性。

教学重点： 字体设计的基础理论和基本设计理念。

教学难点： 字体设计的基础理论和基本设计理念的抽象性。以大量的设计案例进行解释。

教学内容： 字体设计概述。

第一讲

字体设计的概念与意义

　　字体设计作为一种艺术活动，是人类生产与实践的产物，也总是与人类生活与社会生活紧密联系在一起。随着人类文明的演进，现代文化资讯的发展以及阅读的视觉化与艺术化，为字体设计提供了广泛的选择余地，并使现代字体设计的表现手法逐步趋向极大的丰富性和开放性，在信息化、数字化等崭新手段的操作下，字体设计不断迸发出新的概念与全新的视觉反应。

　　语言是传达思想情感的媒介，文字是记录语言的符号。前者以"音"的形式表达，后者以"形"的方式体现。"形""音""义"构成了文字的三要素，文字是利用形体，通过声音来表达意义的。意美以感心，音美以感耳，形美以感目。文字不仅在乎形，更在乎形所给予的优美感觉，这种追求美感的文字被称为字体设计。

　　字体设计就是指按视觉设计规律，遵循一定的字体塑造规格和设计原则对文字加以整体的精心安排，创造性地塑造具有清晰、完美的视觉形象文字，使之能表现出让人赏心悦目的美感的一种书写艺术。

　　文字发展的历史也是文字设计的历史，在文字结构定型以后，文字设计开始以基本字体为依据，采用多样的视觉表现手法来创新文字的形式，以体现不同时期的文化、经济特征。印刷技术的发明和欧洲文艺复兴，极大地推动了文字设计在技术与观念上的改进，人们开始讲究艺术效果与科学技术的结合，出现了一种符合人们视觉规律的数比法则与强调色彩、形态、调子及质感的设计字体。工业革命时期，文字设计在商品销售、文化教育和传播科学技术方面发挥了空前的作用。印刷技术的发展加速了文字设计的多样化，各种符合时代特征的流行字体大量产生。（图1-1至图1-5）

图 1-1

图 1-2

图1-3

图1-4　各种形式的字体设计　　　　图1-5　各种形式的字体设计

第二讲

字体设计、书法艺术及印刷字体的区别

字体设计、书法艺术及印刷字体的基本要素都是文字,作为视觉传播的工具,三者之间既有联系又有着不同形式与功能的区别。要想准确地区分它们之间的差别,必须要弄清楚三者的基本概念。

一、书法艺术

书法指的是写字的艺术,是一种纯粹的视觉形式和抽象设计。它从象形着手,抓住事物的典型特征,是具象和抽象的巧妙结合。书法在我国有着悠久的历史,经历了几千年的发展与创新,已经成为人类创造文字、记录事物和表达人类思想情感的一门艺术,它的发展与汉字的发展是一脉相承的。其具体表现在:由古文大篆到小篆,由篆到隶、楷、行、草等各种形态的逐渐形成。

汉字的书法是一种特殊的造型艺术,在长期的书写过程中,书法形成了一整套自己的理论体系与造型规律。书法艺术与字体设计的区别在于:汉字的书法是一种最能体现中华民族审美意识与情趣的艺术,它借助汉字的笔画,运用丰富的笔墨变化,抒发寄托书写者内心的艺术理解与思想感悟,字体的表现形式是自由无拘的,属于一种纯粹的艺术创作活动。

而设计字体的主要功能是传播视觉信息,并依据实际需要,利用文字的笔画要素并对其所依附的载体和环境设计一种生动的整体的视觉效果,虽然有时设计师会借助书法的某种表现,但它更强调的是一种传播功能,因此具有从属性和局限性。(图1-6、图1-7)

图1-6 汉字书法的各种形态

图1-7 书法艺术字体设计

二、印刷字体

公元 1040 年，我国宋代的毕昇发明了活体印刷技术，这一发明对世界文化的传播与发展起了重大的推动作用。印刷技术被引进欧洲后，极大地促进了欧洲的文艺复兴浪潮。400年后，印刷技术由德国人古登堡（Gutenbeng 1387—1468 年）加以完善与发展，工业革命带来的机械技术的革新和 19 世纪末发明的键盘排字机，使印刷工序完全机械化（图 1-8 至图 1-10）。为适应印刷技术的需要，许多印刷字体相继产生，这些字体在形态、比例、粗细和装饰上按照一定的规格设定，以便于字与字之间的配列与排版。由于印刷字体必须适用于大众传播的内容，因此，在造型上注重通用性与规格化。历史上，设计师曾创造出许多人们熟知的优秀的印刷字体，如莫特结构体、巴西利亚体、威华迪体等。（图 1-11）

印刷字体是字体设计的一个重要组成部分，两者之间有着千丝万缕的联系。我们可以从 "TYPE" 的词义上得到认证。早期的印刷字体被设计师们广泛地使用在建筑、广告传播与书籍封面上，既是信息的传播又是装饰的形式，如有些字体的部首与花卉图案结合表现出很强的装饰效果。工业革命后，为了满足印刷的需要，许多新的字体应运而生，这些字体既用来满足印刷技术本身的需求，同时又是作为新的字体的发明，它们之间互相促进、共同发展。今天我们到处可见的电脑制版字体的诞生，正是这种方法的延伸。随着现代电脑技术的飞速发展，各种设计软件应运而生，许多效果程序的设计帮助了设计师更便捷地进行各种字体设计，许多应用在印刷上的字体正不断地产生，它们与传统的印刷字体互相辉映，极大地丰富了字体设计的形式。（图 1-12 至图 1-14）

印刷字体与设计字体最显著的区别在于：当印刷字体以文本形式为主要传播功能时，则更强调其视觉的适用性与标准性。

图 1-8　早期欧洲的印刷作坊

图 1-9　印刷铅字字模

图 1-10　19 世纪末标准的字体编排印刷机

图 1-11　拉丁字的各种字体

图 1-12　被设计师广泛应用的早期印刷字体

图 1-13

图 1-14

第三讲

字体设计的基本原则

字体设计在现今生活中被广泛使用,我们在随处可见的广告、杂志、商标、商店招牌、包装、影视等媒体中都能看到许多被精心设计过的文字。优秀的字体设计能让人过目不忘,它既起到传递信息的功效,又能达到视觉审美的目的。在设计时就应遵循一些原则:

1.易读性

字体设计的首要目的是实用,文字的易读性是首先要考虑到的。文字是几千年来经过人们创制、流传、改进而约定俗成的,不能随意改变。文字的形体和结构也必须清晰正确、一目了然,不能随意变动字形结构,增减笔画,使人难以辨认,从而失去文字的易读性,也失去了传达的意义。

2.艺术性

文字是由横、竖、点和圆弧等线条组合成的形态,在结构的安排和线条的搭配上,如何运用对称、均衡、对比、韵律等美学原理绘写出和谐、美观的文字,是字体设计的重要课题。整体统一是美的前提,字体设计不仅要求每一个单字美观醒目,还必须使整行整幅的文字整齐统一,要有一个统一的风格,才能充分体现字体设计的艺术魅力,给人以美的享受。

3.思想性

字体设计必须从文字的内容出发,表现形式与内容的高度统一。设计应考虑使用对象的目的与文字的内容,从而运用不同的表现方法和笔画形态,使文字与内容有机地结合起来,更好地体现文字的精神含义。同时,还要与流行趋势和设计者的独特个性相联系,进行创造性的设计。

易读性、艺术性和思想性三者是相辅相成的,艺术性强的字体不仅加强了易读性,也突出了思想。

第四讲

字体设计课的重要性

　　字体设计课程是视觉传达专业设计基础课程，而且是课程的重要组成部分，其主要内容是学习和掌握字体设计正确的思维和方法，并要求学生全面掌握和运用视觉要素的设计法则，用现代设计理论来探索文字的点画结构、空间排列以及文字形态的组合，了解与之相关联的载体环境等诸多应用特性，并采用多种造型手段，设计出特定的、在空间上满足实用需求和符合视觉审美的字体。

　　字体设计作为一门设计基础课程，传统的课程名称叫美术字，教学方法注重于文字书写、文字结构、文字笔画等文字的理性美感的研究。课程主要安排在引导学生了解中外文字发展史的基础上，重点临摹一些宋体字、黑体字，或是摹写一段罗马体和埃及体等，最后再安排一些字体的变形与编排组合就结束了，没有切实地认识到字体设计在平面设计中的重要性。文字是人类文化的重要组成部分，既是语言信息的载体，又是具有视觉识别特征的符号系统。在任何一种视觉媒体中，文字和图片都是主要的构成要素。而字体设计的好坏，将会直接影响到版面的视觉传达效果。随着时代的进步，计算机的普及，字体设计在很大程度上由计算机就可以直接完成。特别是现在大量字库的出现，似乎所有排版中需要的字体在字库中轻而易举就能找到。但为什么还需要字体设计这门课呢？因为人们对文字的要求不单停留在书写清晰、醒目、易于辨认就可以了，还要求文字美观且有装饰效果，特别是在一些版面上，更要求有艺术性和审美性。因此，字体设计是增强视觉传达效果，提高作品审美价值的一项重要构成要素。作为学生来说，要学好这门课程，设计出较为完整的字体，必须全面而系统地了解与认识文字的基本骨架，文字的自身意义与视觉设计的基本规律，掌握各种造型手段以及字体设计的历史变革，使自己成为一名真正的、成熟的设计师。（图1-15至图1-19）

思考题：

　　1．什么是字体设计？字体设计必须遵循的基本原则是什么？

　　2．印刷字体及书法艺术与字体设计之间有什么关系？

　　3．谈谈字体设计在平面设计中的重要性。

作业：

　　每位同学收集十个自己认为在平面设计中做得较好的字体设计案例，并加以分析。

图1-15　招贴设计　大松敬和

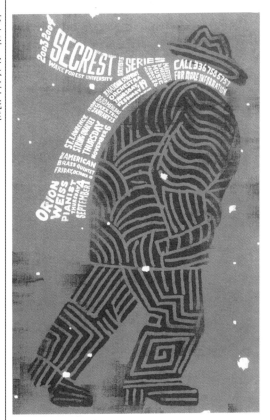

图1-16　招贴设计

图1-17　字体设计　南部俊安

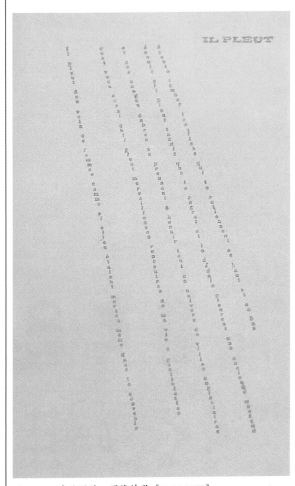

图1-18　字体设计　图像诗歌《IL PLEUT》

图1-19　购物袋设计　陈幼坚

第二课　字体设计的历史发展和风格演变

课程名称：字体设计的历史发展和风格演变。

授课时数：四学时。

教学目的：1.了解文字的起源、发展和风格演变。

2.掌握印刷字体与印刷字体的种类。

教学重点：掌握印刷字体与印刷字体的种类。

教学难点：理解文字的历史发展和风格演变。

教学内容：字体设计的历史发展和风格演变。

第一讲

汉字的起源

人类社会之初，生产力极其低下，出于生存的需要，人们不得不联合起来，采用原始、简陋的生产工具，同大自然作斗争。在斗争中，为了交流思想、传递信息，语言诞生了。但语言一瞬即逝，它既不能保存，也无法传到较远一点的地方去，而某些需要保留和传播到较远地方去的信息，单靠人的大脑的记忆是不行的。于是，原始的记事方法——"结绳记事"和"契刻记事"应运而生了。在文字产生之前，人们为了帮助记忆，采用过各式各样的记事方法，其中使用较多的是结绳和契刻。

图 2-1　秘鲁印加人的结绳记事图形

图 2-2　仰韶期遗址的骨契图形

一、结绳记事

中国古籍文献中，关于结绳记事的记载较多。公元前战国时期的著作《周易·系辞下传》中说："上古结绳而治，后世圣人易之以书契。"汉朝人郑玄，在其《周易注》中说："古者无文字，结绳为约，事大，大结其绳；事小，小结其绳。"李鼎祚《周易集解》引《九家易》中也说："古者无文字，其有约誓之事，事大，大其绳，事小，小其绳，结之多少，随物众寡，各执以相考，亦足以相治

图 2-3　新石器时代陶刻画符号

也。"这是讲结绳为约，说得已相当明白和具体了。（图2-1）

二、契刻记事

契刻的目的主要是用来记录数目。汉朝刘熙在《释名·释书契》中说："契，刻也，刻识其数也。"清楚地说明契就是刻，契刻的目的是帮助记忆数目。因为人们订立契约关系时，数目是最重要的，也是最容易引起争端的因素。于是，人们就用契刻的方法，将数目用一定的线条作符号，刻在竹片或木片上，作为双方的"契约"。这就是古时的"契"。后来人们把契从中间分开，分作两半，双方各执一半，以二者吻合为凭。古代的契上刻的是数目，主要用来做债务的凭证。图2-2是在甘肃省西宁县周家寨出土的仰韶期遗址的骨契图形。

结绳记事，契刻记事，以及其他类似的记事方法，世界各地的不同民族皆有。中国一直到宋朝以后，南方仍有用结绳记事的。南美洲的秘鲁，尤其著名。有的民族，利用绳子的颜色和结法，还可以精确地记下一些事情来。但它只是文字产生前的一个孕育阶段，不能演变成文字，更不是文字产生的源泉，因为它只能帮助人们记忆某些事情，而不能进行思想交流，不具备语言交流和记录的属性。因此，结绳记事不可能发展为文字。

三、图画文字

由于结绳记事和契刻记事的不足，人们不得不采用一些图画的方法来帮助记忆、表达思想，绘画导致了文字的产生。唐兰先生在《中国文字学》中说："文字的产生，本是很自然的，几万年前旧石器时代的人类，已经有很好的绘画，这些画大抵是动物和人像，这是文字的前驱。"然而图画发挥文字的作用，转变成文字，只有在"有了较普通、较广泛的语言"

之后才有可能。譬如，有人画了一只虎，大家见了才会叫它为"虎"；画了一头象，大家见了才会叫它为"象"。久而久之，大家约定俗成，类似于上面说的"虎"和"象"这样的图画，就介于图画和文字之间。随着时间的推移，这样的图画越来越多，画得也就不那么逼真了。这样的图画逐渐朝文字方向偏移，最终导致文字从图画中分离出来。这样，图画文字就进一步发展为象形文字。正如《中国文字学》所说："文字本于图画，最初的文字是可以读出来的图画，但图画却不一定都能读。后来，文字跟图画渐渐分歧，差别逐渐显著，文字不再是图画的，而是书写的。而书写的技术不需要逼真的描绘，只要把特点写出来，大致不错，使人能认识就够了。"这就是原始的文字。（图2-3）

四、仓颉造字

关于文字的起源，历史上还有一个传说。仓颉是黄帝的史官，黄帝统一华夏之后，感到用结绳的方法记事，远远满足不了要求，就命令史官仓颉去想办法造字。于是，仓颉就在当时的洧水河南岸的一个高台上造屋

住下来，专心致志地造起字来。可是，他苦思冥想，想了很长时间也没造出字来。说来凑巧，有一天，仓颉正在思索之时，只见天上飞来一只凤凰，嘴里叼着的一件东西掉了下来，正好掉在仓颉面前，仓颉拾起来，看到上面有一个蹄印，可仓颉辨认不出是什么野兽的蹄印，就问正巧走来的一个猎人。猎人看了看说："这是貔貅的蹄印，与别的兽类的蹄印不一样，别的野兽的蹄印，我一看也知道。"仓颉听了猎人的话很受启发。他想，万事万物都有自己的特征，如能抓住事物的特征，画出图像，大家都能认识，这不就是字吗？从此，仓颉便注意仔细观察各种事物的特征，譬如日、月、星、云、山、河、湖、海，以及各种飞禽走兽、应用器物，并按其特征，画出图形，造出许多象形字来。这样日积月累，时间长了，仓颉造的字也就多了。仓颉把他造的这些象形字献给黄帝，黄帝非常高兴，立即召集九州酋长，让仓颉把造的这些字传授给他们，于是，这些象形字便开始应用起来。（图2-4、图2-5）

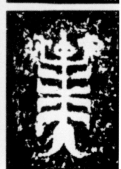

图2-4　大汶口出土陶尊上的刻画陶文　图2-5　中国铭文上的象形图符

第二讲

汉字的演变与发展

中国的文字从出现至今，已经历了早期的图画文字、甲骨文字、古文、篆书、隶书、楷书、行书、草书，以及印刷术发明后为适应印刷要求而逐渐派生出来的各种印刷字体等漫长的发展历程。

一、早期的定型文字——甲骨文

1899年在河南安阳县发现的龟甲和兽骨上的文字，是今天能看到的最古老的商代甲骨文，到现在已经有3000多年的历史。那时人们用被灼烫过的甲骨上的纹络来判断事物的吉凶，占卜完毕，就将占卜的时间、人名、所问事情、占卜结果，以及事后验证刻在上面，形成了具有明显特征的甲骨文。其内容多为"卜辞"，也有少数为"记事辞"。（图2-6）

二、金文

继甲骨文之后出现的汉字书体就是金文，金文是铸刻在青铜器上文字的总称。钟、鼎是青铜器中乐器、礼器的代表，故金文又叫钟鼎文。西周金文比殷商甲骨文更为成熟了。不过，西周金文中还保留着一

图2-6　甲骨文

图2-7 司母戊方鼎上的金文

图2-8 铭文中的图形文字

图2-9 铭文《毛公鼎》

些图画性很强的早期象形文字，有些甚至比殷商甲骨文还要古老。（图2-7至图2-9）

三、篆书

篆书又分为大篆和小篆，是汉字书体发展史上的重要阶段。

中国文字史上，在夏、商、周三代，就其对文字学的贡献而言，以史籀为最。史籀是周宣王的史官，它改变古文，整理创新而产生了籀书，也就是大篆。大篆是相对于小篆而言的，与早期的甲骨文相比，大篆字形结构更倾向整齐，也奠定了方块字的基础。其中以周宣王时所作石鼓文最为著名。（图2-10）

小篆又名秦篆，为秦朝丞相李斯所创，是秦统一后的标准字体。秦始皇灭六国，统一华夏，其疆域广而国事多，文书日繁，甚感原有文字繁杂，不便应用，于是命群臣创建新体文字。其中有李斯所作的《仓颉篇》、中车府令赵高作的《爰历篇》、太史令胡毋敬作的《博学篇》都是就大篆省改、简化而成。《权量诏版》是秦

始皇立国后诏令全国统一度量衡制度的诏书，其中的文字均使用秦朝官方正体文字——小篆（图2-11）。小篆字形修长，笔画圆润，具有风流飘逸的艺术格调，代表作有《秦阳陵虎符》（图2-12）。

春秋战国和秦汉时代，一些青铜器上的铭文，在篆书的基础上以鸟、虫或鱼作装饰的即兴书写，秦始皇时代把这种文字叫鸟虫书。鸟虫书只是篆书的一种装饰书体，鸟虫的美化特征寄托着人们对美的追求及对事物的美好愿望。（图2-13、图2-14）

四、隶书

隶书相传为秦朝犯人程邈所作。主要分为秦隶和汉隶。秦隶是隶书的早期形式，汉隶则为隶书之成熟字体。人们通常所说的隶书，是指汉隶中的"八分"而言。"八分"是在秦隶之后，渐生波磔，归于整齐、规范，转化而来的。隶书发展到八分，已经是姿致遒美、成熟，为人们喜爱而又得到长期使用之文字了。隶书在中国文学史和书法史上都有重要的地位

图2-10 石鼓文

和深远的影响。《张迁碑》中的汉隶（图2-15）后人评价极高。

五、楷书

隶书经过二百多年的发展、演变，到了汉末魏初（公元3世纪初期），又出现了"真书"。真书又名"正书""今隶"（以区别于汉隶），是一种通行到现在人们最熟悉的楷书。

楷书由汉隶逐渐演变而来，其形体方正、笔画平直，可以作为字体的楷模。楷书始于汉末，盛行于魏晋南北朝时期，这种字体一直沿用至今，被视为标准字体而流行。三国时期的书法家钟繇被后人称为"正书之祖"。而在楷书方面的成就，以颜真卿、欧阳询、柳公权、赵孟頫四人最高，为历代书法者所崇尚。（图2-16至图2-19）

六、行书

行书是介于楷书与草书之间的、运笔自由的一种书体，相传是后汉时期的刘德升所造，是正书的变体。其特点是在保持楷书形体的前提下，适当运用连笔省减笔画，写得自由一些，草率一些。王羲之的行书《兰亭序》（图2-20）集中体现了他所创造的新字体风貌，在我国文字艺术史上具有较大的影响，历来被书家称为"天下第一行书"。颜真卿的《祭侄文稿》（图2-21）苍劲挺拔，被书家称为"天下第二行书"。

七、草书

草书，又称今草，是为了书写便捷而创造出来的一种结构简单、行笔流畅的字体，是由篆书、八分、章草等多种古文字变化而成。草书源于章草，而章草又带有比较浓厚的隶书味道，章草进一步发展而成为"今草"，即人们通常所说的"一笔书"。汉字发展到草书的字体，已接近完美无

图2-11 《权量诏版》小篆

图2-12 《秦阳陵虎符》

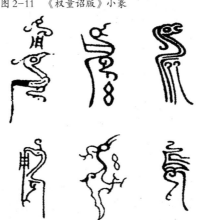

图2-13 鸟虫书

图2-14 民间鸟虫书

图2-15 《张迁碑》汉隶

图 2-16 颜体楷书

图 2-17 欧体楷书

图 2-18 柳体楷书

图 2-19 赵体楷书

图 2-20 王羲之《兰亭序》

图 2-21 颜真卿《祭侄文稿》

瑕，其代表书法家为王羲之等人。唐朝之后，又出现了张旭之的"狂草"。但狂草写出来很多人都不能识别，只能作为供人们欣赏的艺术品，而且失去了它作为记载和传播信息的文字作用。所以，草书难以再向前发展。而文字的发展也只能另辟新径，沿着新开辟的方向——印刷字体演进了。（图 2-22、图 2-23）

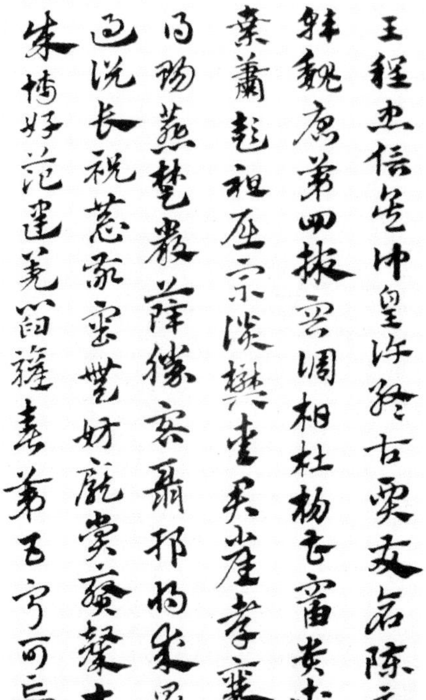

八、印刷字体

印刷术发明后，为适应印刷，尤其是书刊印刷的需要，文字逐渐向适于印版镌刻的方向发展，出现了印刷字体——宋体。几百年来，在宋体字的基础上又衍生出长宋、扁宋、仿宋等多种变体。这些新生的字体，都是应雕版印刷和传统的活字印刷的需要诞生的。近代西方印刷术传入后，在西文字体影响下，又出现了黑体、美术字体等多种新的字体。然而，由于宋体字既适于印刷刻版，又适合人们在阅读时的视觉要求，所以一直沿用至今，是出版印刷使用的主要字体。

图 2-22 《急救章》章草

图 2-23 张旭的草书

1. 宋体

宋体字起源于北宋，定型于明朝，故又称这种字体为"明朝体"。其特点是字形方正规整，笔画竖粗横细，起笔、收笔和笔画转折处吸取楷书用笔特点而形成修饰性的笔型。宋体字是应用最为广泛的汉字印刷体。依据字面的黑度可分为特粗宋、大标宋、小标宋、书宋、报宋等。粗宋体多见于书刊标题和广告导语，细宋体最适合于长篇正文。（图2-24）

2. 仿宋体

模仿宋代刻本字样设计的印刷字体，字形介于楷体和宋体之间。20世纪初我国有多家出版社和字模厂发行过不同风格的仿宋体活字。仿宋体字形娟秀、笔画细劲，多用于排印古籍正文及各类书刊中的引言、注释、图版说明等。（图2-25）

3. 黑体

黑体是受西文无衬线字体的影响，于20世纪初在日本诞生的印刷字体。字型略同于宋体，但笔画粗细均匀，且没有宋体的装饰性笔型，因此显得庄重醒目并富于现代感。（图2-26）

图 2-24　方正小标宋简体

图 2-25　方正仿宋简体

图 2-26　方正大黑简体

第三讲

拉丁字母的起源

拉丁文字是世界上应用最广泛的文字，我国的汉语拼音也是使用拉丁字母。与中国的汉字一样，拉丁文字的产生和发展也是人类社会发展进步的印证。在原始的人类活动中，人们通过一些简单的图形来传递信息，就是我们今天所说的象形文字。但是一些比较抽象的就难以用这种形式来表达，因此便出现了将象形文字组合来表达较抽象的文字——表意文字。（图2-27）

拉丁字母起源于图画，它的祖先是复杂的埃及象形字。大约6000年前在古埃及的西奈半岛产生了每个单词有一个图画的象形文字。经过了腓尼基亚的子音字母到希腊的表音字母，这时的文字是从右向左写的，左右倒转的字母也很多。最后罗马字母继承了希腊字母的一个变种，并把它拉近到今天的拉丁字母，从这里开始了拉丁字母历史有现实意义的第一页。（图2-28）

当时的腓尼基亚人对祖先的30个符号加以归纳整理，合并为22个简略的形体。后来，腓尼基亚人的22个字母传到了爱琴海岸，被希腊人所利用。公元前1世纪，罗马实行共和

图2-27 北印地安人的史前岩画

| 鸟 | 飞 | 走 | 找 | 划 | 眼 | 哭 | 统治 |

图2-28 古埃及象形文字（公元前4200）

图2-29 腓尼基亚字母（公元前1000）

图2-30 古希腊字母（公元前8世纪）

时，改变了直线形的希腊字体，采用了拉丁人的风格明快、带夸张圆形的23个字母。最后，古罗马帝国为了控制欧洲，强化语言文字沟通形式趋一，也为了适应欧洲各民族的语言需要，由"I"派生出"J"，由"V"派生出"U"和"W"，遂完成了26个拉丁字母，形成了完整的拉丁文字系统。（图2-29至图2-31）

罗马字母时代最重要的是公元1世纪到2世纪与古罗马建筑同时产生的，在凯旋门、胜利柱和出土石碑上的严正典雅、匀称美观和完全成熟了的罗马大写体。文艺复兴时期的艺术家们称赞它是理想的古典形式，并把它作为学习古典大写字母的范体。它的特征是字脚的形状与纪念柱的柱头相似，与柱身十分和谐，字母的宽窄比例适当美观，构成了罗马大写体完美的整体。（图2-32）

在早期的拉丁字母体系中并没有小写字母，公元4世纪至7世纪的安塞尔字体和小安塞尔字体是小写字母形成的过渡字体。公元8世纪，法国卡罗琳王朝时期，为了适应流畅快速的书写需要，产生了卡罗琳小写字体，传说它是查理一世委托英国学者凡·约克在法国进行文字改革整理出来的。它比过去的文字写得快，又便于阅读，在当时的欧洲广为流传使用。它作为当时最美观实用的字体，对欧洲的文字发展起了决定性的作用，形成了自己的黄金时代。（图2-33、图2-34）

15世纪是欧洲文化发展极为重要的时期，在这一时期德国人古腾堡发明铅活字印刷术，对拉丁字母形体的发展产生了极为重要的影响。原来一些连写的字母被印刷活字解开了，开创了拉丁字母的新风格。同时这一时期正是欧洲文艺复兴时期，技术与文化的发展、繁荣迅速推动了拉丁字母体系的发展与完善，流传下来的罗马大写体和卡罗琳小写字体通过意

TVS·CPLDEK·MVI

图2-31

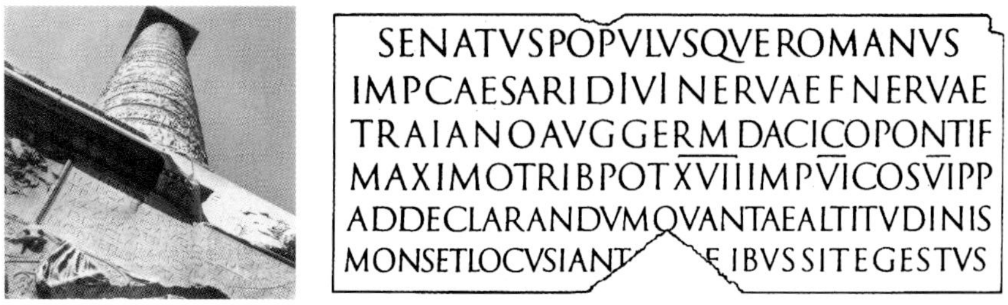

图2-32　公元前113年建筑柱体上的罗马字体

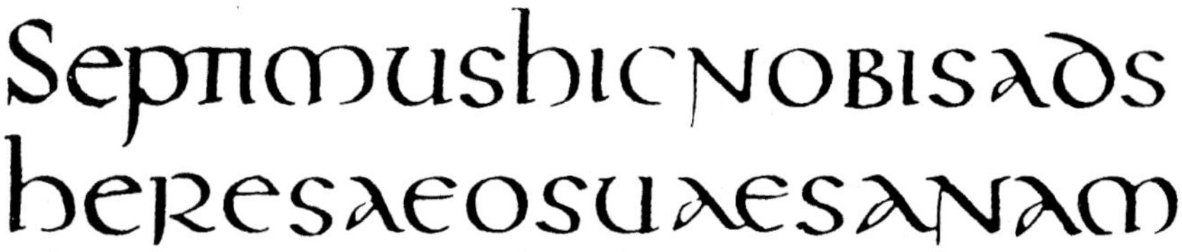

图2-33　安塞尔字体

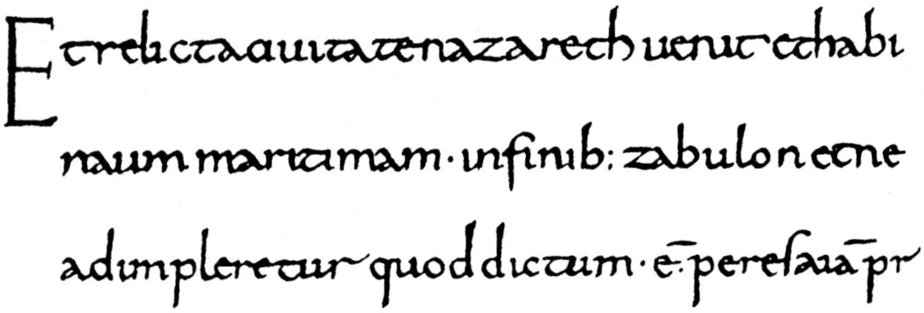

图2-34　卡罗琳小写字体

图2-35　迪多体

图2-36　波多尼体

大利等国家的修改设计，完美地融合在一起。卡罗琳小写字体经过不断地改进，这时拥有宽和圆的形体，它活泼的线条与罗马大写字体娴静的形体之间的矛盾达到了完满的统一。这一时期是字体风格创造最为繁盛的时期。

18世纪法国大革命和启蒙运动以后，新兴资产阶级提倡希腊古典艺术和文艺复兴艺术，产生了古典主义的艺术风格。工整笔直的线条代替了圆弧形的字脚，法国的这种审美观点

影响了整个欧洲。法国最著名的字体是迪多(Firmin Didot)的同名字体（即迪多体），更加强调粗细线条的强烈对比，朴素、冷严但又不失机灵可亲。迪多的这种艺术风格符合了法国大革命的精神，具有现实意义。在意大利，享有"印刷者之王"和"王之印刷者"称号的波多尼 (Giambattista Bodoni)的同名字体（即波多尼体）和迪多体同样有强烈的粗细线条对比，但在易读性与和谐上达到了更高的造

诣，因此今天仍被各国重视和广泛地应用着。它和加拉蒙、卡斯龙都是属于拉丁字母中最著名的字体。（图2-35至图2-38）

一套完整的字母体系中，数字和标点符号也是重要的组成部分，阿拉伯数字是11世纪从印度经由阿拉伯传到欧洲的。在早期的希腊、罗马文件中是没有标点符号的，文章中的句子用小点分开，直到15世纪，随着印刷业的发展，标点符号才具有专业化。

图2-37 加拉蒙体

图2-38 卡斯龙体

第四讲

现代字体设计的发展

文字发展的历史也是文字设计的历史。在文字结构定型以后，文字设计开始以基本字体为依据，采用多样的视觉表现手法来创新文字的形式，以体现不同时期的文化、经济特征。印刷技术的发明和欧洲文艺复兴，极大地推动了文字设计在技术与观念上的改进，人们开始讲究艺术效果与科学技术的结合，出现了一种符合人们视觉规律的数比法则与强调色彩、形态、调子及质感的设计字体。印刷技术的发展加速了文字设计的多样化。由英国人发明的黑体字在字体的形、比例、量感和装饰上作了新的探索。各种符合时代特征的流行字体大量产生。（图2-39）

现代字体设计理论的确立，则得益于19世纪30年代在英国产生的工艺美术运动和20世纪初具有国际性的新美术运动，它们在艺术和设计领域的革命意义深远。现代建筑、工业设计、图形设计、超现实主义及抽象主义艺术都受到其基本观点和理论的影响。"装饰、结构和功能的整体性"是其强调的设计基本原理。19世纪末20世纪初，源自欧洲的工业革命在各国引发了此起彼伏的设计运动，推动着平面设计的发展，同时也促使字体设计在很短的二三十年间发生了许多重大的发展和变化。工艺美术运动和新艺术运动都是当时非常有影响力的艺术运动。它们在设计风格上都十分强调装饰性，而这一时期字体设计的主要形式特点也体现在这个方面。

20世纪20年代在德国、俄国和荷兰等国家兴起的现代主义设计浪潮提出了新字体设计的口号，其主张是：字体是由功能需求来决定其形式的，字体设计的目的是传播，而传播必须以最简洁、最精练、最有渗透力的形式进行。现代主义也非常强调字体与几何装饰要素的组合编排，从包豪斯到俄国的构成主义设计作品都运用了各种几何图形与字体组合的方法。（图2-40至图2-42）

20世纪50年代到60年代，现代主义在全世界产生了重大的影响，以

图2-39 富鲁蒂格设计的"普通字体"，霍夫曼、马克斯·梅丁设计的"海维蒂加字体"为现代主义字体中最为通行的两种。

国际字体为基础字体的设计更加精致细腻。随着照相排版技术的发展，进一步使字体的组合结构产生新的格局。60年代中期以后，世界文化艺术思潮发生了巨大的变化，新的设计流派层出不穷。它们的一个共同特点是反对现代主义设计过分单一的风格，力图寻找新的设计表现语言和方式。在字体设计方面许多设计家运用了新的技术和方法，在设计风格上出现了多元化的状况。（图2-43至图2-45）

我国的文字设计源远流长。有

图2-40　克勒曼·莫瑟设计的字体标志

图2-41　GUM（莫斯科国家百货商店）的广告　亚历山大·罗德琴科设计

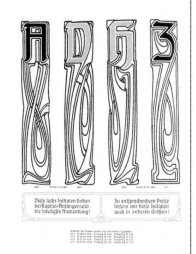

图2-42　彼得·贝伦斯设计的字体

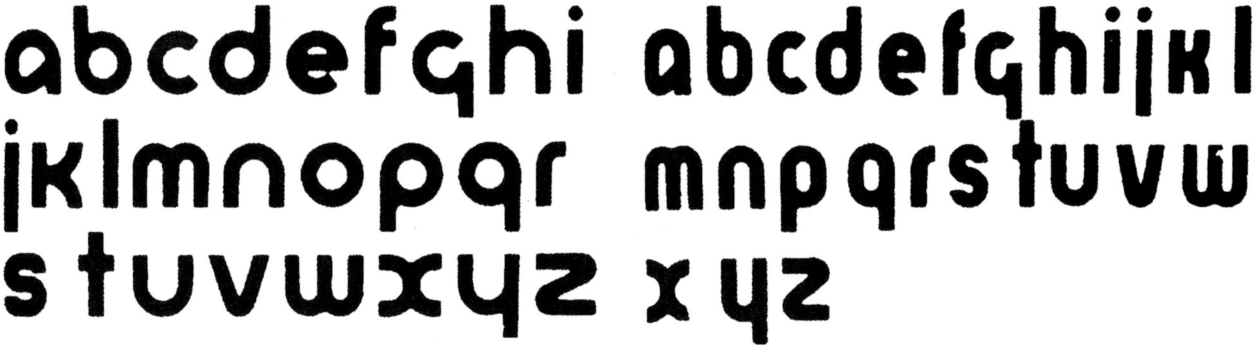

abcdefghi abcdefghijkl
jklmnopqr mnpqrstuvw
stuvwxyz x yz

图2-43　拜耶设计的字体

futura THE TIMES

图2-44　伦那尔设计的字体 　　　　图2-45　时报新罗马体

学者认为,它的产生可追溯到商代及周初青铜器铭文中的图形文字,至今已有3500多年的历史。其间经历了春秋战国以虫鸟书为代表的金文字体、秦汉及其后的篆书字体、宋元明清的宋体印版字体及20世纪的现代字体设计等几个发展阶段。

汉字的构成形式决定了它是一种有巨大生命力和感染力的设计元素,有着其他设计元素、设计方式所不可替代的效应,具有强大的说服力与感染力。在现代迅猛发展的社会文化形态、经济活动方式、科学技术条件、大众传播媒介的推动下,现代汉字艺术设计从世界其他国家吸取精华,并将之融合到强烈的民族个性之中,凭借其独特的表情获得强烈的视觉感染力。作为高度符号、色彩的视觉元素,汉字越来越成为一种有效的信息传达手段。

新的文字设计发展潮流中有几种引人注目的倾向。一是对手工艺时代字体设计和制作风格的回归,如字体的边缘处理得很不光滑,字与字之间也排列得高低不一,然后加以放大,使字体表现出一种特定的韵味。其次是对各种历史上曾经流行过的设计风格的改造。这种倾向是从一些古典字体中吸取优美的部分加以夸张或变化,在符合实用的基础上,表现独特的形式美。如一些设计家将歌德体与新艺术风格的字体简化,强化其视觉表现力度,并使之具有一些现代感。还有的将强调曲线的早期新艺术运动的字体加以变化,使其具有光效应艺术的一些视觉效果。另外产生了不少追求新颖的新字体,普遍现象是字距越来越窄,甚至连成一体或重叠,字形本身变形也很大,有些还打破了书写常规,创造了新的连字结构,有的单纯追求形式,倾向于抽象绘画的风格。(图2-46至图2-48)

20世纪80年代以来,电脑技术

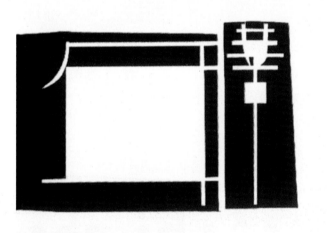

图2-46 《风月无边 年华有限》广 煜

图2-47 《来自文字的想象力》田中一光
海报中的字体设计

图2-48 《系列海报》蒋 华

图 2-49　电脑制作的字体设计

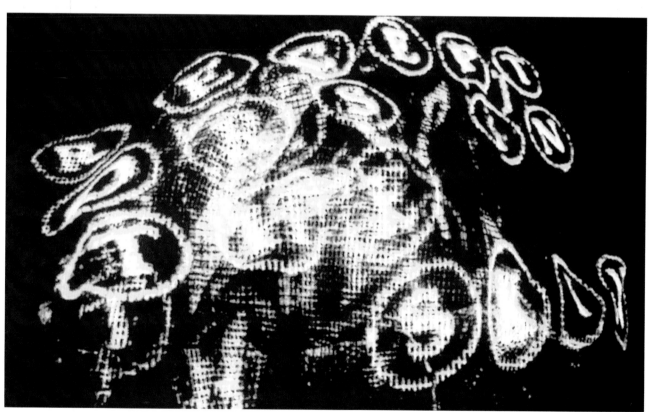

图 2-50　电脑制作的字体设计

图 2-51　电脑制作的字体设计

不断完善,在设计领域逐步成为主要的表现与制作工具。在这个背景下,字体设计出现了许多新的表现形式。利用电脑的各种图形处理功能,将字体的边缘、肌理进行种种处理,使之产生一些全新的视觉效果,最后是运用各种方法,将字体进行组合,使字体在图形化方面走上了新的途径。（图 2-49 至图 2-51)

思考题:

1.汉字与拉丁字的演变与发展过程有什么异同?

2.汉字有哪几种书写形式?

作业:

对比汉字与拉丁字的演变与发展过程,整理后以表格形式制作出来。

第三课 字体的基本构造和形式特点

课程名称：字体的基本构造和形式特点。

授课时数：十六学时。

教学目的：1.要求学生明确汉字字体的基本构造和形式特点，以及汉字标准印刷字体的书写规律和笔画的特征。

2.了解字体拉丁字母的基本构造和组合规律以及拉丁字母各种字体的书写方法。

3.通过对各种字体的笔画、结构、字型等特征的全面了解和摹写，掌握字体绘写的一般规律及应用中外文印刷字体的能力，为字体设计奠定基础。

教学重点：理解字体的固有构造，正确掌握基本印刷字体的书写要点。

教学难点：分析字体的细部构造，掌握字形均匀稳定的技巧，学会安排笔画的主次、布白、大小、重心。

教学内容：字体的基本构造和形式特点。

材料准备：绘写工具、白卡纸。

第一讲

汉字的基本构造与形式特点

一、汉字的构造

汉字的构造规律，是在甲骨文形成并广泛应用以后才总结出来的，最早见于先秦的《周礼》，完成于东汉的许慎。许慎在《说文解字》中把汉字归纳为六种规律，即"六书"。"六书"指的是：指事、象形、形声、会意、转注、假借。

指事——"指事者，视而可识，察而可见，上下是也。"它是用符号象征的办法来表示抽象概念的造字方法，如"上、下"中的一长横表示地和天；"刃"，在刀上加一点，指明刀最锋利之处就是刃等。

象形——"象形者，画成其物，随体诘诎，日月是也。"这类字都是因形见义，如"雨"，画雨从天降；"车"，如车的轮廓形状等。

形声——"形声者，以事为名，取譬相成，江河是也。"主要由转注、谐声产生。如以"土"为形符，加上音符，就会产生"坊、垠、坑、址、塘"等许多与"土"有关的形声字。

会意——"会意者，以类合谊，以见指，武信是也。"是用拼合两个以上的图符表示一个新意义的造字法，也称为复合的图形字。如"信"，由象形"人"与形声"言"组合而成；"寒"，表示人在屋子里，用草裹身，避风取暖，地上还结了冰。

转注——"转注者，建类一首，同意相受，考老是也。"转注是为了区别"一形多义"的文字现象，主要特点是给多义字注上表示特定含义的偏旁，这种标义符号就是我们汉字的偏旁部首。如"北"，本为二人相背，借作方位词为"北方"之意，下加"月"字则表示本义"背"；"其"，本指簸箕，借作代词为"他"、"它"之意，上加"竹"字则为"箕"本意等。

假借——"假借者，本无其字，依声事，令长是也。"即借用同音的象形、指事、会意、形声字来表达新的概念。如"女"，本为女，后借为人称代词"汝"；"主"，本为灯焰，后借作"主人"之意。

我们学习和掌握"六书"理论，将极大地方便我们去研究与理解汉字丰富的字义，并应用到我们的字体设计理念中。

二、汉字的基本笔画与形式特点

作为平面设计的视觉要素，汉字字体的构成称得上是物象符号化、语言图像化的典范。

1.汉字的笔画与结构

（1）汉字的笔画

笔画是汉字构成的最基本要素，无论多复杂的汉字，都是由一笔一画构成的。汉字的基本笔画有点、横、竖、撇、捺、提、横钩、竖钩八种，在此基础上衍生出了弯钩、横折钩、撇点、横折折撇等多种变体笔画。基本笔画和变体笔画都由一笔写成，它们是汉字最基本的元素。

（2）汉字的结构

结构指的是汉字笔画与笔画之间的搭配关系，直接关系到字体的美感以及字义的表达。汉字的结构类型主要包括左右结构、左中右结构、上下结构、上中下结构、品字形结构、全包围结构、独体字结构等多种。

2.汉字标准印刷字体笔画结构分析与书写规范

（1）宋体字的笔画结构分析

点——点有长点、短点之分。点的所有边线均以弧线画成，最宽处不应超过竖宽。短点方向性强，形似水滴；长点一般指偏旁两点水和三点水的下点，由短点与提组成。（图3-1至图3-4）

横——横画与字格平行,起笔顶端稍向右下方倾斜,收笔处的顿角为直角三角形。(图3-5)

竖——竖画应垂直,起笔顶端向右下方倾斜并留一小顿角,下半部收笔的底边向左下倾斜并略带弧度。

(图3-6)

折——竖画转向横画称左折,横画转向竖画称右折。右折的转角处留有顿角,比横画的顿角小,顶角为直角。(图3-7、图3-8)

撇——撇有长撇短撇之分。撇的

起笔与竖相同,有小顿角。短撇弧度小,几乎成楔形;长撇的中下部由两条弧线构成。(图3-9、图3-10)

捺——捺有直捺和平捺之分。捺的三条边全是弧线,最宽处与竖宽相等。直捺起笔处是两条弧线的相交

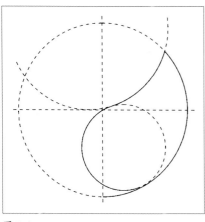

图3-1

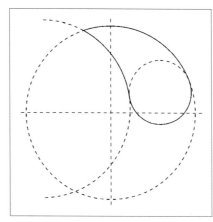

图3-2

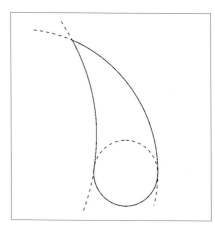

图3-3

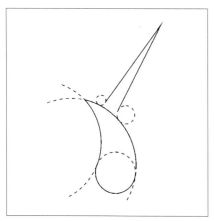

图3-4

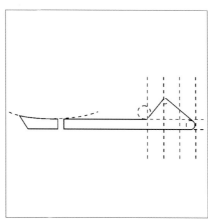

图3-5

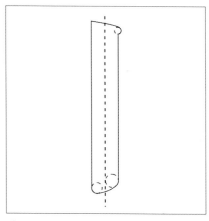

图3-6

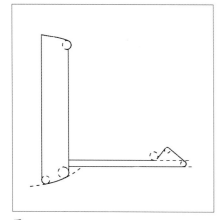

图3-7

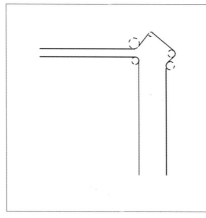

图3-8

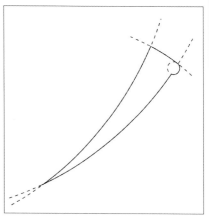

图3-9

点，收笔处的底边线也是弧线。平捺起笔处呈圆角也是两条弧线，中部为两条平行直线，收笔处由一圆弧与两直线相割而成。（图3-11、图3-12）

提——提画呈楔形，刚劲有力。（图3-13）

钩——分右弯钩、左弯钩、竖钩、竖弯钩、回钩等。

左弯钩有长短之分，与右弯钩不同之处在收笔，起笔处是两条弧线相交的尖角。（图3-14、图3-15）

右弯钩起笔和上半部与竖画相同，下半部分向右弯，收笔呈回钩，全部为弧线造型。（图3-16）

竖钩起笔及中上部分与竖画相同，底部转角处取竖宽的中心点为圆心画圆，钩的上边长度不得少于竖宽。（图3-17）

竖弯钩底部向右转弯并伸展（这一段的运笔宽度最好不少于竖宽）然后向上挑钩。（图3-18）

回钩即宝字盖右边的顿钩。整个外形由四条边线组成，其中三条直线，一条弧线。回钩的顶点要与宝盖左边圆点的顶点保持在同一水平线。（图3-19）

（2）黑体字的笔画结构分析

横——横从起笔到收笔均是方头方尾，没有任何饰角饰线，唯一有变化的就是两头较中间稍粗些，略向外扩张。（图3-20）

竖——竖画起笔略宽，顶边向右下倾斜，收笔处底边线基本水平。（图3-21）

撇——撇有短撇长撇之分。短撇可作点用，如用作短撇时要有适当弧度；如用作点时则要四边呈直线，起笔比收笔处要宽些。长撇起笔与竖相同，收笔处略宽，绘写时要圆韧有力，注意弧度。（图3-22）

捺——起笔处呈方头，收笔处略宽。（图3-23）

提——与短撇相反方向运笔。四

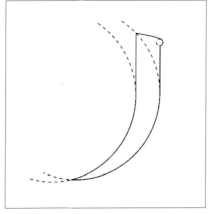

图3-10

图3-11

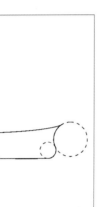

图3-12

图3-13

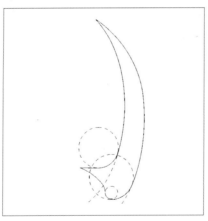

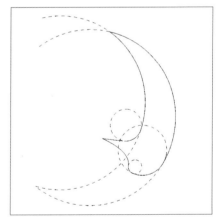

图3-14

图3-15

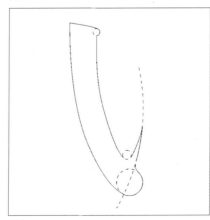

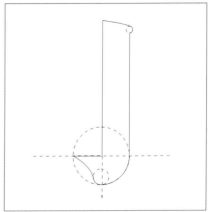

图3-16

图3-17

条边线笔直,起笔处稍宽。(图3-24)

　　钩——分左弯钩、右弯钩、竖钩、竖弯钩、回钩等。

　　左弯钩起笔与竖画的上部构造相同,中部连接两条弧度相近的圆弧,下部连接一个方向向左上的钩。(图3-25)

　　右弯钩、竖钩、竖弯钩除钩的造型外,其他均与宋体相同。注意钩的画法。(图3-26至图3-28)

　　回钩是由两根平行线和撇构成的。(图3-29)

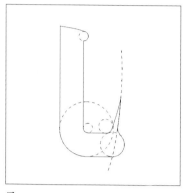

图3-18

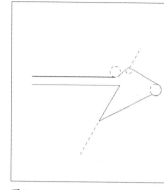

图3-19

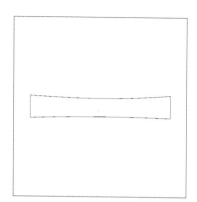

图3-20

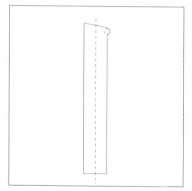

图3-21

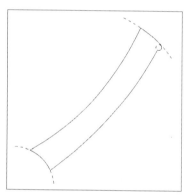

图3-22

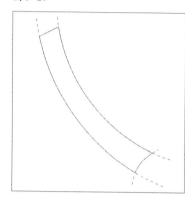

图3-23

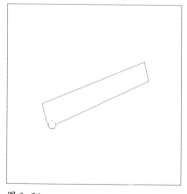

图3-24

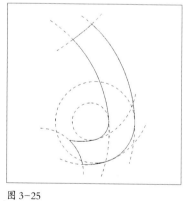

图3-25

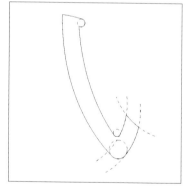

图3-26

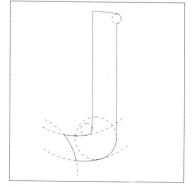

图3-27

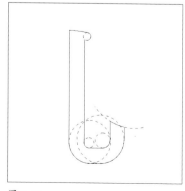

图3-28

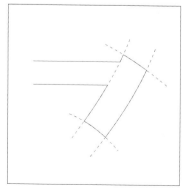

图3-29

三、汉字书写的一般规律

汉字的结构由点线（笔画）组合而成，有均衡、有对称、有和谐。在这种组合关系中存在着力的呼应和对比，相互呼应使之统一，而对比在于产生变化，二者合一产生节奏与韵律。只有当成组的线条按照一定的规律和视觉心理构成完美的整体时，才能产生优美和谐并富表现力的字体。

1. 先主后次

汉字笔画有主笔和副笔之分，主要是根据笔画在字中所起的作用而言。一般来说，决定字的支撑骨架和外形边框的笔画是主笔，其余的则是副笔。横竖犹如建筑中的栋梁，其余笔画如砖瓦材料，前者占主要地位，后者占从属地位。因而，应先考虑笔画部首的主次，先主笔后副笔，先整体后局部，这样便于掌握好字架结构。

（1）凡字形的边框与重复的笔画中左右笔画或上下笔画均属主笔，如：困、区、用、勾、局、三、川、噩。

（2）凡贯穿字中心的横或竖都是主笔，如：中、主、军、小、米、个。

（3）如字中没有横竖，长的撇和捺则成为主笔，如：火、必、人。

（4）其余撇、捺、点、弯钩等都是副笔。

（5）如副笔画过多时也可再分主笔副笔，比如框内笔画过繁时再加以区分：圈、圆、围。

2. 穿插呼应

部首之间、笔画之间要有穿插呼应，形成首尾相接、穿插避让的优美笔势，否则会产生互不相关或重叠挤塞的现象。

3. 均匀稳定（错觉现象）

在绘写字体时，如果把每个字都写满了预先打好的统一的格子，反而出现大小不均、高低不平的现象。这是因为人的眼睛在辨认形体时存在错觉，这是心理作用及生理现象的反映。我们把这种现象称为错觉现象或视差现象。

（1）视觉中心与绝对中心

人的视觉中心往往比绝对中心高，在字体设计中这种错觉现象是随时可见的。在垂直观察一个形体时，感觉中的中心点（视觉中心）要比实际中心点（绝对中心）偏高。因此要把中心定在视觉中心上，使字上紧下松、左紧右松才符合审美心理的需要。（图3-30）

（2）笔画的调整

在汉字中，横画多于竖画，书写上形成了横细竖粗。黑体虽是所有笔画粗细一致，但由于存在错觉现象，同样粗细的一条横线和一条竖线，看上去横线比竖线粗一些，因而书写时应调整为横细竖粗。（图3-31）

（3）大小的调整

影响字形大小的因素，主要有外形和内白两种：

① 外形

外形：字形面积的大小。由于外形不同字形面积产生很大的差别。

汉字虽然是方块字，但其笔画组织而形成的外形千变万化。（图3-32）

在同样大小的正方形格子内，分别画满横线和竖线，画满横线的见高，画满竖线的见宽。（图3-33）

在调整大小的时候，应注意保持汉字的某些特征，不能强求纳入方形。

② 内白

凡带有边框的字，其框内空间称为内白空间，凡字形以外（字格内）的空间称外白空间。笔画的繁简造成黑（实）与白（虚）的空间错觉现象，一般内白大的（线条少）见大，内白小的（线条多）见小。（图3-34）

（4）黑白的调整

汉字笔画多的显黑，笔画少的显亮，针对这些情况，在粗细处理上可定出四个原则：

① 少笔粗，多笔细。

② 疏笔粗，密笔细。

③ 笔画交叉处略细。

④ 主笔粗，副笔细；外档粗，里档细。

（5）重心的调整

字的笔形、间架结构、字体轮廓

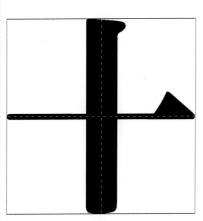

图3-30

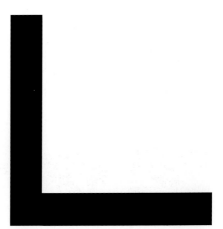

图3-31

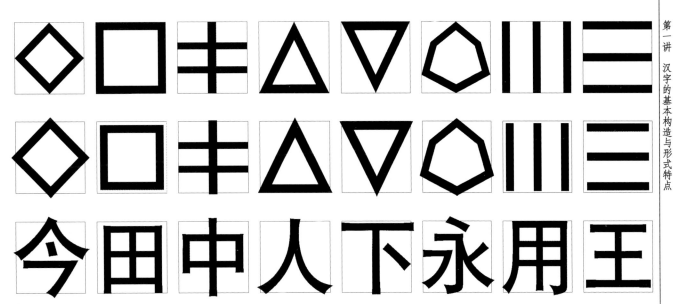

图 3-32

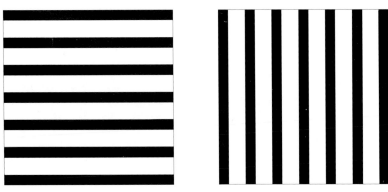

等因素都会对字体重心产生影响,组合字体相互间联系密切,如果不能对各个字的重心加以统一,就会出现字体高矮不齐、忽左忽右的现象,严重影响整体的美观协调。(图 3-35)

图 3-33

图 3-34

字体设计

重心不统一

字体设计

重心统一

图 3-35

第二讲

拉丁字母的基本构造
与组合规律

一、拉丁字母的基本特点

1.基本构造

基线：是一条水平线，所有字母都排在此线上。

X：其高度对大、小写字母而言，指字体的高度或者字体主体的高度，与小写字母x的高度相等，故它被作为衡量所有字母高度的标准。

顶线：通过所有高于"x"高度部分的笔画连成的与基线平行的线。

底线：通过所有低于"x"高度部分的笔画连成的与基线平行的线。（图3-36）

2.基本名称（图3-37）

二、拉丁字母标准印刷字体笔画结构分析与书写规范

1.罗马体（图3-38至图3-41）

A　头部尖端要略为突出大写字线之外，如果和线一致，便会觉得略矮。右上至左下用幼线。中间横线位置适中，如果太高，中空三角形太小，就会有窘迫感。

B　这个字可分为上下两部。一般字要窄一点，上部幅度比下部小一些，这样有安定感。上下圆曲线之间

顶线
共用线
基线
底线

ABCadfg

图 3-36

1.干线　2.横线　3.新月弧　4.片弧　5.曲弧　6.拱弧　7.圆球　8.圆点　9.联结弧　10.饰线
11.饰弧　12.竖饰线　13.楔弧　14.鸟嘴　15.钩　16.吊核

图 3-37

交接的横线要稍靠向上方一点点,圆曲线的中部厚度比干线要大一些,使感觉上大小相称。

C 圆曲线要略为突出于大写字线和基线之外,否则字形会显得矮小。回曲线中部的厚度要略大。

D 回曲部分的厚度要匀称,圆曲中央厚度要比干线略大一些。

E 中间横线要略为提高。横线切忌过长。

F 字幅和 "E" 字相同,但要略为窄一点较好。

G 和 "C" 一样,圆曲线略超出大写字线及基线。罗马体右下的短干线,比圆曲线中央厚度略小些。

H 中间根线要稍高,干线末端的饰线要做到两边等量伸展。字外侧视线应该伸展到字格外。

I 这是最简单的字,干线比其他字的干线略粗,看起来就舒服些,下部干线要比上部干线稍为大一点,能增加稳定感。

J 干线下面的弧线,要伸到基线下。吊核的形状有多种,但总的要求是略带重感,以求稳定。

K 罗马体的上部斜线用幼线,和干线的交点应略低于干线的中点。

L 这个字的字幅较大,但尽可能取小一些,特别是右侧邻字并排时,要注意斟酌字幅,不要使中间空间过于宽阔。

M 中间倒三角形尖端直抵基线,也有略为突出基线的,不过切忌突出过多。左侧竖线用细线,中间两斜线接口处的底线要略小些,以免太重。

N 两竖线均改用幼线,以求均衡。斜线左上方要有伸出左方的干线,斜线下部尖端则略为突出底线。

O 圆曲线上下部都要略为伸出线外。罗马体中有些 "O" 字中轴是倾斜的,不过一般以竖直为正规。

P 中横时和干线接连处要稍低于干线中点。圆曲中央的厚度要比干线略大。

Q 这个字是 O 字带尾,根据字体的不同,尾部的形态亦有很多变化,特别是罗马体颇多优美图形。本字的字尾要伸出基线下。

R 这个字的斜脚有好几种形态,多数是直线或轻滑曲线,斜脚尖端有时是挑上的。

S 上部和下部大体上是对称的,但下部要略比上部大,下部的圆曲比上部的楔尖更向右伸展,而上部圆曲线和下部的楔尖则要在同一竖线上。

T 字臂两端的楔尖,有垂直的,有略斜向外的,也有同一方向的。

U 左竖粗而右竖幼,这一点很重要。下面圆曲线要伸到基线下。

V 倒三角形的尖端略为突出基线下面。左侧斜线用粗线,右侧用幼线。

W 两个 "V" 字的叠合形体,有些罗马体仅左右有视线,中央是尖顶;有些则把左边和中央视线连起

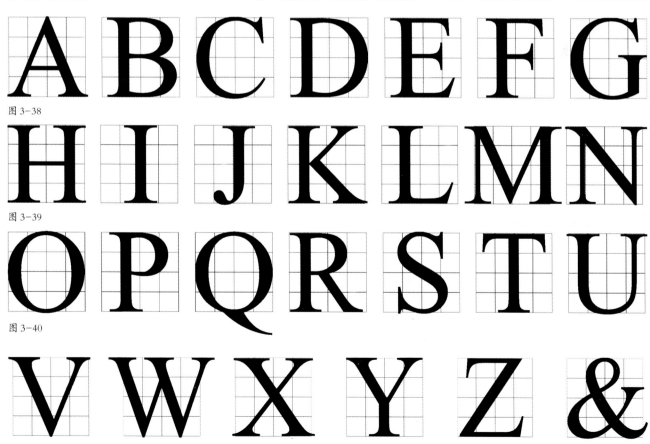

图 3-38

图 3-39

图 3-40

图 3-41

来。

X　多数字体的斜线交叉点，比中央位置略高。不过，也不能提高过多。有些罗马体的右上到左下的幼线，并不是一根直线，而是中间错开一点的两段直线以修正视线的错觉。

Y　"V"形和干线的交接处，比中央略低。

Z　斜线用粗线，下面根线比上面的略长一点，以增加稳定感。楔尖可垂直，或稍斜向外。

2.无饰线体

（1）大写字母

"W"的字高中段幅宽等于"M"，上部超出"M"，下部小于"M"。（图3-42）

字母"M"中间的空白形略小于"V"字形，笔画要紧凑，交叉处要适当减细，否则会显得肥大臃肿。（图3-43）

字线"R"有曲形字尾，"P"没有，为了视觉均衡，"P"弧要略大于"R"弧。（图3-44）

字母"O"、"Q"、"G"、"C"的圆弧上下左右皆应适当伸展出字格外，但水平部分要比竖画细。（图3-45、图3-46）

字母"S"的上下弧应上小下大，外弧线应当伸展出字格外。（图3-47）

字母"E"的三条横线比"F"和"L"的横线稍长。"F"的中横线比"E"的中线稍下，居于干线中心。（图3-48）

字母"J"、"U"、"D"在弧转弯处要略细，以取得视觉上直线与圆弧的均衡。（图3-49至图3-51）

"Y"、"V"、"X"的两笔交叉处要略细，尽量保证内含空白尖锐清晰。"X"的交叉点要略靠上，两足微伸出字格。（图3-52）

字母"B"的横线部分比"E"还要细，注意上紧下松，上部空白要小于下部空白。（图3-53）

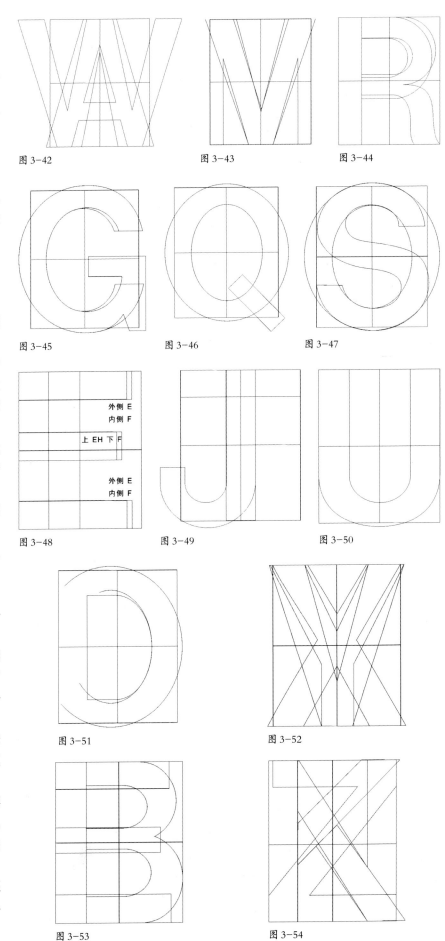

图3-42　　　　图3-43　　　　图3-44

图3-45　　　　图3-46　　　　图3-47

外侧 E
内侧 F
上 EH 下 F
外侧 E
内侧 F

图3-48　　　　图3-49　　　　图3-50

图3-51　　　　图3-52

图3-53　　　　图3-54

字母"Z"上横不能长过下横，"K"字幅宽稍伸展出字格，斜线稍细。（图3-54）

（2）小写字母

小写字母的字幅变化比大写复杂，笔画的粗细渐变差不多在每个字母中都有出现。竖画的粗细基本以"i"字母的宽度为准，而弧线在不同字母中有变化。比如"a"的弧线由细变粗再变细，字母"c"、"e"、"o"的圆弧上下左右皆应伸展出字格外，就弧的形态来说，处于水平部分的圆弧比处于竖画部分的圆弧略细，这一处理也同样出现于"h"、"b"、"m"、"g"、"d"等带有弧结构的字母中。详见图例。（图3-55至图3-60）

三、拉丁字母书写的一般规律

1．笔势统一

拉丁字母横细竖粗的特点是用扁形钢笔书写自然形成的，执笔的倾

图3-55

图3-56

图3-57

图3-58

图3-59

图3-60

ABCDEFGHIJ

图 3-61

TT VV

横线较细

dd

斜线交接处较细

图 3-62

转弯处较细

斜角度以 10—35 度为宜，不同的倾斜角度能产生不同的粗细比例和艺术风格。

2．黑区白区

拉丁字母的字形比较简练，字母内外的空白形状比较大，它对字母形体有很大的影响，并有检查和纠正黑色形体的作用。

3．均匀安定（错觉现象）

（1）大小的调整

拉丁字形可以分为三角形（AV）、方形（HN）、圆形（OQ）三种形态，如把这三种形态机械地控制在两条平行线之间，必然是方形显高显大而三角形与圆形显矮显小，解决的办法是使三角形字体的上端和圆形字体的上下两端稍突出于平行线外，这样几种形态字体的大小高矮在视觉上才能均衡。（图 3-61）

（2）粗细的调整

无饰线体或加强饰线体的斜线要比竖线细一些，横线要比竖线细一些，转弯处及斜线交叉处应处理细一些，这样才能使笔画达到视觉上的清晰均衡。（图 3-62）

（3）间距的调整

①　字距的调整：在字体组合时，因字形的差异，字与字之间的距离也会随之产生差异，调整的办法是以视觉均衡为准，看上去大致相等即可。（图 3-63）

②　词距的处理：大写字母以能间隔字母"I"为准，小写字母以能间隔字母"i"为准。依据词距间相邻字体形态的不同，词距也可作灵活的调整。（图 3-64）

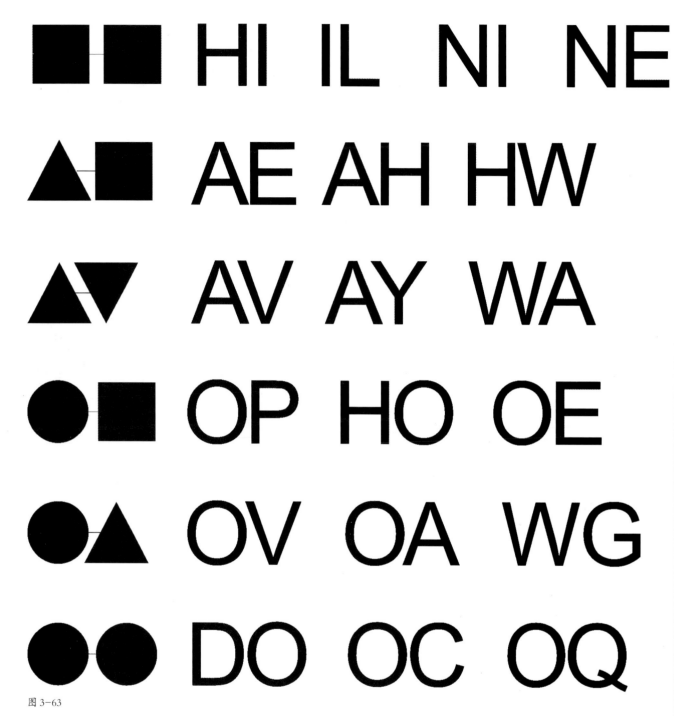

图 3-63

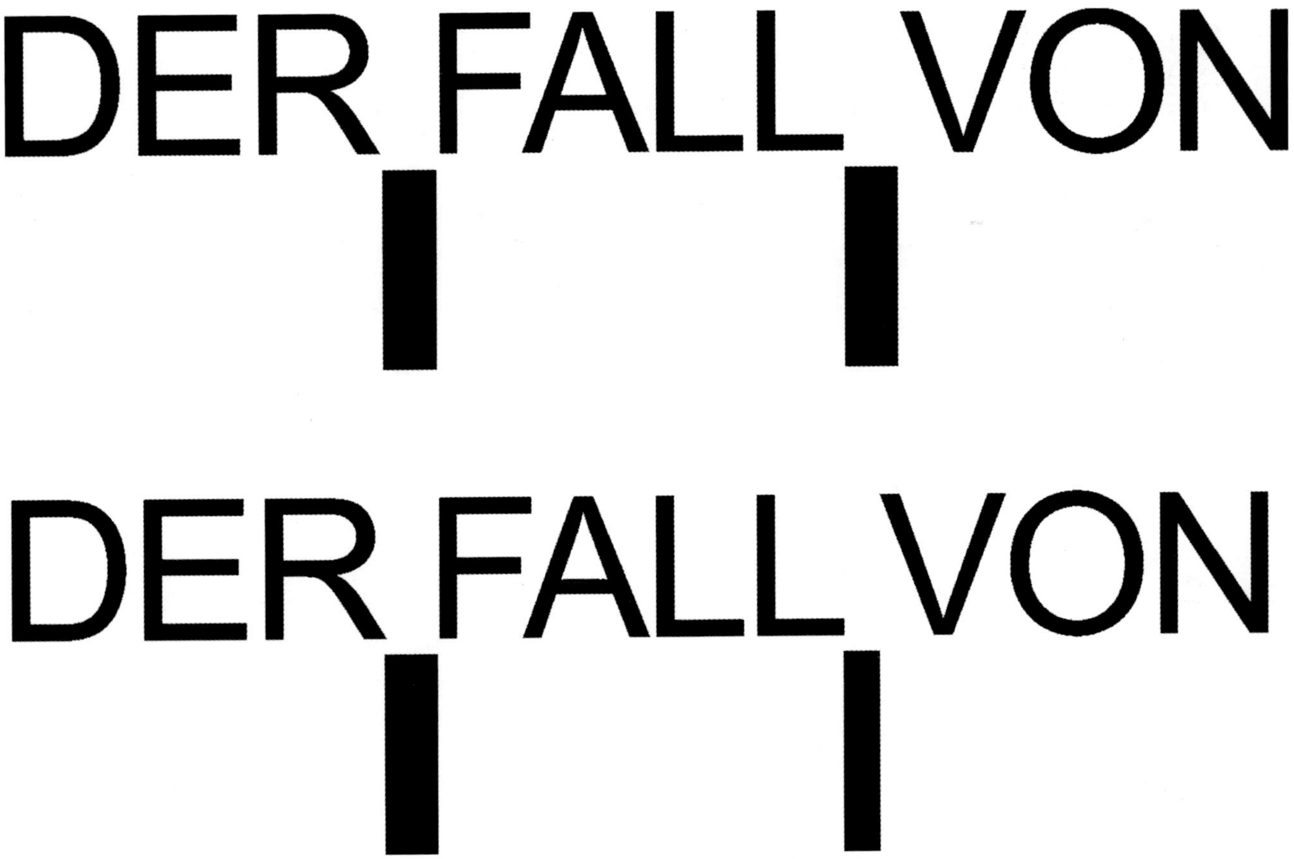

DER FALL VON

DER FALL VON

图 3-64

思考题：

1. 汉字的基本字体有几种？各有什么特点？

2. 在绘写汉字时有哪些基本规律与要求，应如何遵循？

3. 拉丁字母的基本字体有几种？各有什么特点？

4. 拉丁字母的绘写有哪些要求是和汉字的绘写相似的？哪些是与绘写汉字完全不同的？

作业：

1. 摹写汉字：宋体字与黑体字各10个（八开纸）。

2. 摹写拉丁字母：罗马体与无线衬体大小写各15个（八开纸）。

第四课 字体创意设计 的方法

课程名称： 字体创意设计的方法。

授课时数： 四十学时。

教学目的： 1.在理解字体原有结构形态的基础上，掌握对基本字体进行创意设计的能力。

2.了解字体创意设计的基本规律和方法。

3.掌握一套较为系统的字体创意设计理论和设计程序。

教学重点： 1.在理解字体原有结构形态的基础上，对字体的外形、结构和笔画的形态进行创意设计。

2.根据中文相近语意连字的含义和拉丁文相对语意的单词，进行形象化联想的创意设计。

教学难点： 在理解字体原有结构形态基础上，对字体作相应的创意设计，但必须遵守字体的识别性和美观性原则。

教学内容： 字体设计的创意方法。

材料准备： 绘写工具、白卡纸、电脑。

作业要求： 先手绘，再输入电脑进行修整处理，然后定稿。

第一讲

字体的基本结构与变化

一、字体的基本结构

字体的结构是文字构成中的基本定律，它以偏旁、部首、笔画彼此间的构成定律形成某种字体的组合规范。一种字体在形成中，除了由基本笔形决定字体风格外，结构则是决定字体风格变换的决定性因素。在许多字体中，以同一笔形组建字体，若在组建上采取不同的结构，则会带来不同的变换效果，得到不同的字体风格。从这一点我们可以看出，结构是字体创意的另一根本性源点。

结构主要是研究文字中笔画、偏旁、部首间的组建关系，正是由于这种组建关系的形成，才产生出字体的种种风格。

结构是字体构成的法则，以什么法则来组建字体，在字体构成中以什么形成字体的个性特色，这都要靠结构来解决。在字体构成中，变换结构是体现字体创意表现的主要手法。变换结构是要基于字体现有结构规律，通过创意性的变化和转换创造出各种新的结构。变换字体结构可以从几个方面进行创意: 敢于打破、善于发现、多重结构、统一表现。(图4-1)

二、字体的变化

字体的变化也就是字体造型的变化。字体的变化要根据文字的内容、字数的多少、面积的大小来决定，尽量不要对字体的结构进行变化，也不能随心所欲地变形而让人无法辨

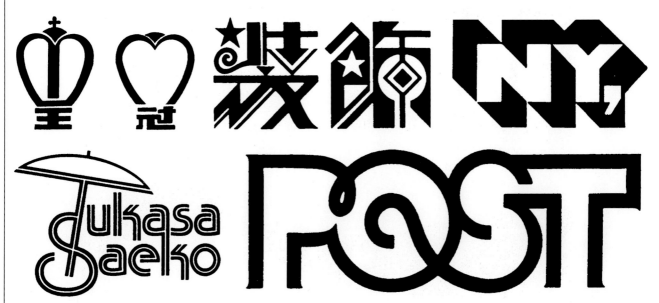

图4-1 字体的创意设计

认,从而失去字体的识别性,同时也失去了字体变化设计的意义。

字体的变化设计是以汉字或拉丁字的固有字体作为创意设计的原型字体,然后进行拉长、压扁、斜形、放射形、波浪形或其他的形状变化,以外形的改变为主,从而达到字体设计的目的。但因为字体的外形经过刻意的变化,则会较大程度违反字体的特征,导致文字识别性较差,容易产生歧义。所以字体的外形变化设计一般适用于较短的文字,如在标志设计上运用得较多。(图4-2)

图4-2 字体的变化

第二讲

字体设计的基本创意方法

一、字体的结构性变化

变换结构是字体创意表现的主要手法之一。变换结构要基于字体现有结构规律，通过创意性的变化和转换创造出各种新的结构。变换字体结构可以从几个方面进行创意：敢于打破、善于发现、多重结构、统一表现。如果将字体的位置、外形结构变换之后，字体就会展现出另一种效果。字体变换结构可以有以下几种方法：

1. 字体的外形变化

字体的外形变化就是把文字的部分或外形整体结构进行大小、粗细、扭动、弯曲、错位、镜像等变化，以达到创意的目的。在排列上可以横排，也可以竖排，还可以作斜形、放射形、波浪形和其他形状的排列。但无论怎样排列，都要有规律，否则就会感觉凌乱和松散。（图4-3、图4-4）

2. 字体的笔画变化

笔画是文字组构的基本元素，在字体创意中，笔画变化是字体创意的灵魂所在。笔画变化主要是指在具体笔画上进行艺术加工，主要起到装饰的作用，符合审美要求。好的字体

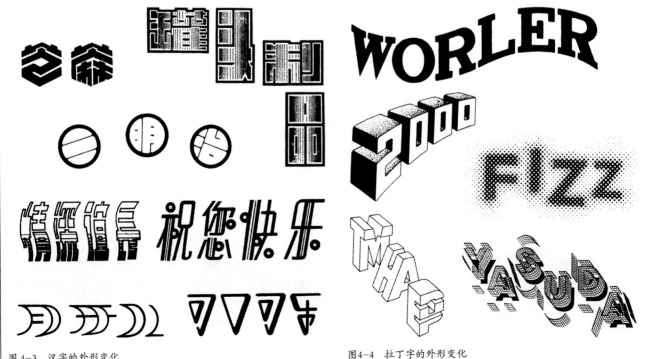

图4-3 汉字的外形变化　　　　　　　　图4-4 拉丁字的外形变化

创意首先是字体笔画创意的出现和形成。因此,笔画创意的好坏是字体创意设计的关键之一。

一般字体都由主笔画和副笔画组成。在汉字中,主要笔画横、竖起到支撑的作用,所以变化较少,一般只在笔的长短粗细稍作些改变。而字体笔画变化的重点主要是点、撇、挑、钩等一些副笔画的变化。副笔画可以灵活多变,而主要笔画的变化太大则会影响到字体的结构。在进行字体笔画变化时还要注意有一定的规律及整体风格的统一和视觉美感的要求。(图 4-5、图 4-6)

(1)字体的笔形变异

对笔画的形态作一定的变异,这种变异是在基本字体的基础上对笔画进行改变。字体的笔形变异主要有以下几种创意方法:

①运用统一的形态元素

运用统一的形态元素就是在基本字体的基础上,对笔画加入同一种形态元素进行变化。但在进行变化时要使字体整体协调和风格统一。(图 4-7、图 4-8)

字体栅格设计是运用统一形态元素的字体设计方法之一,就是在方形栅格上进行字体设计,用直线来替代传统书写的曲线和斜线,不使用细小方格作阶梯形来描绘字的结构中原有的曲线和斜线,使字体笔画整体呈现出简约的风格,避免出现琐碎的细节。(图 4-9、图 4-10)

图 4-5　汉字的笔画变化

图 4-6　拉丁字的笔画变化

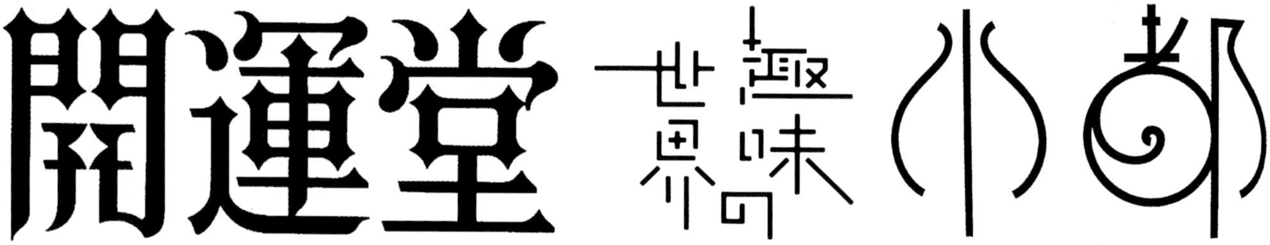

图 4-7　汉字运用统一的形态元素

图 4-8　拉丁字运用统一的形态元素

②在统一形态元素中加入另类不同的形态元素

就是在已经运用统一形态元素进行设计的字体基础上,对字体某些部分加入另类不同的形态元素。但在进行字体变化时要注意不能加入太多的不同形态元素,避免出现杂乱的感觉。(图4-11、图4-12)

③拉长或缩短字体的笔画

就是在不改变基本字体固有结构的基础上拉长或缩短字体的笔画,使字体适合一定的外形而起到装饰的作用。但在设计的过程中应避免出现纯粹为了装饰而对字体笔画进行一些无谓的拉长或缩短,要注意审美性。(图4-13、图4-14)

(2)笔画共用

字体笔画共用是一种非常巧妙的设计,是借字体笔画与笔画之间,中文字与拉丁字之间存在的共性而巧妙地加以组合。既然文字是线条的特殊构成形式,是一种视觉图形,那么在进行设计时,就可以从纯粹的构成角度,从抽象的线性视点,来理性地看待这些笔画的异同,分析笔画间相互的内在联系,寻找它们可以共同利用的条件。(图4-15、图4-16)

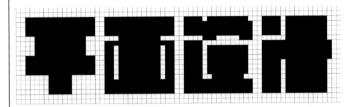

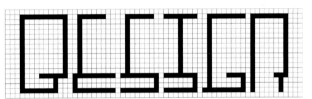

图4-9　汉字的栅格设计

图4-10　拉丁字的栅格设计

图4-11　汉字的统一形态元素中加入另类不同的形态元素

图4-12　拉丁字的统一形态元素中加入另类不同的形态元素

图 4-13　汉字的拉长或缩短笔画

图 4-14　拉丁字的拉长或缩短笔画

春景常安　　　　　　　　黄金万两　　　　　　　　知足常乐

图 4-15　汉字的笔画共用

CANTADOR NEDO
New Energy Development Organization

AERO REVUE

图 4-16　拉丁字的笔画共用

作业点评：

优：

1 字形骨架清晰，线条简洁有力，识别性强。

2 以圆形为统一元素规划字形，结构安排合理，识别性强。

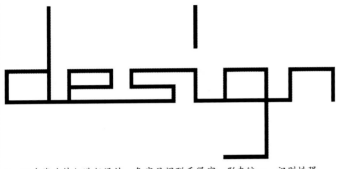

3 以直线为特征进行设计，各字母间联系紧密，形态统一，识别性强。

4 不同的形态元素自然融入字形，线面结合，繁简疏密安排得当。

5 图形变化巧妙地嵌入"T"字形中成为注视焦点，上部的弧形加强了它与其他字形间的相互联系。

6 字形流畅自然，笔画和空间布置设计合理。

7 以共用笔画把4个字串连起来，感觉活跃而整体，充分体现文字的含义。

良：

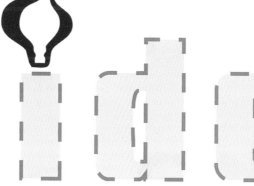

8 对字形进行了一定分析，但设计时识别性不够，未进行视觉调整，字形大小和重心不统一。

9 变化的部分不够精，虚线部分间距过大使字形显得粗糙。

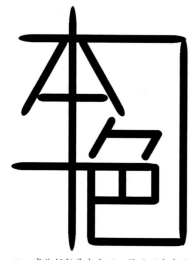

10 字体框架基本合理，笔画形态在设计中连与分、方与圆的关系处理过于简单化。

11 选用了传统元素进行装饰，但未从整体形态着眼，随意拉长部分过多，牵强而不自然，卷曲处衔接笔画不顺畅，笔势单薄。

12 通过共用笔画把字体设计图形化，与文字含义相吻合。但设计时没有注意字体的虚实空间，笔画连接有些牵强。

13 把"空"字和"之"字有机地结合在一起，比较巧妙。但笔画共用后所缺失的笔画容易产生歧义。

14 把"迷迭香"的部分笔画图形化，与文字含义巧妙联系，但共用笔画部分容易产生歧义。

不足：

15　基本字形的大小、粗细、重心均未进行规划和调整，在此基础上进行设计导致了各字之间缺乏联系，疏密关系混乱。

16　字体完全丧失识别性，只用元素堆砌出视觉效果，凌乱、无序。

17　基本字形的大小、粗细、重心均未进行规划和调整，整体感差，变化的形未考虑如何与原字形协调。

18　基本框架不合理，未能协调好字与字之间的形态、结构和空间布白关系，识别性弱、易误读。

19　字体笔画共用不合理，未能协调好字与字之间的形态、结构和空间关系，纯粹为了共用笔画而牵强附会，识别性差。

20　字体笔画共用不合理，未能协调好字与字之间的空间关系，识别性差，容易产生歧义。

21　字体经过笔画共用设计后根本识别不出，没有达到传达信息的目的。

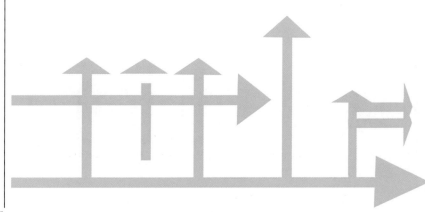

22　纯粹是一些箭头的拼贴，完全识别不出字体。

作业范例：

23 汉字运用统一的形态元素的栅格设计

25 拉丁字运用统一的形态元素的栅格设计

24 汉字运用统一的形态元素的栅格设计

26 拉丁字运用统一的形态元素的栅格设计

27 拉丁字运用统一的形态元素的栅格设计

28 拉丁字运用统一的形态元素的栅格设计

29 拉丁字运用统一的形态元素

30 拉丁字运用统一的形态元素

31 汉字运用统一的形态元素

32　汉字运用统一的形态元素　　　　　　33　拉丁字运用统一的形态元素

34　拉丁字运用统一的形态元素

36　汉字运用统一的形态元素

Philately

35　拉丁字运用统一的形态元素

37　汉字运用统一的形态元素　　　　　　　　　38　拉丁字运用统一的形态元素

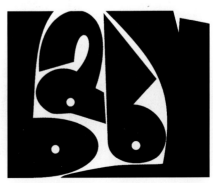

39　拉丁字运用统一的形态元素　　　　　　　40　拉丁字运用统一的形态元素

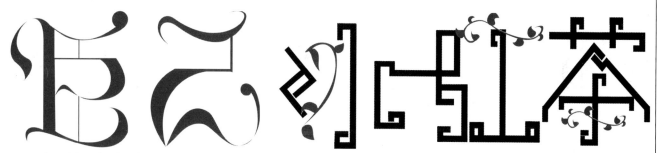

41 汉字的统一形态元素中加入另类不同的 42 汉字运用统一的形态元素
形态元素

43 汉字运用统一的形态元素　　　44 汉字的统一形态元素中加入另类不同的形态元素

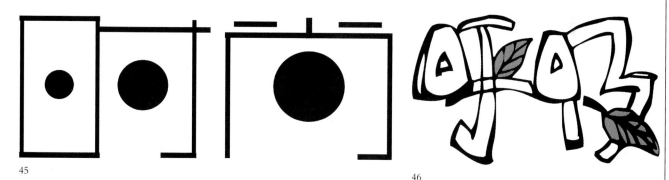

45

汉字的统一形态元素中加入另类不同的形态元素

46

47

48

拉丁字的统一形态元素中加入另类不同的形态元素

HAPPY

49

ZHENG LIANG

50 拉丁字的统一形态元素中加入另类不同的形态元素

51   52   53

汉字的统一形态元素中加入另类不同的形态元素

CHEEY   PHILATELY

54 拉丁字的拉长或缩短笔画   55 拉丁字的拉长或缩短笔画

56 拉丁字的拉长或缩短笔画   57 拉丁字的拉长或缩短笔画

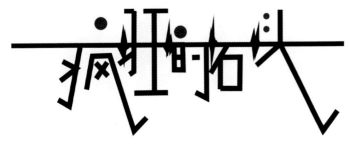   

58 汉字的拉长或缩短笔画   59 汉字的拉长或缩短笔画

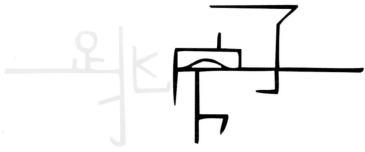

60 汉字的拉长或缩短笔画

62 拉丁字的拉长或缩短笔画

61 拉丁字的拉长或缩短笔画

63 汉字的笔画共用

64 汉字的笔画共用

65
汉字的笔画共用

66

67

68 汉字的笔画共用

69 汉字的笔画共用

70 汉字运用统一的形态元素

71 字的笔画共用

72 拉丁字的笔画共用

73

74
汉字的笔画共用

二、字体的装饰性变化

字体的装饰是指在基本字型的基础上进行装饰、变化和加工，这样既可以装饰文字本身，也可以装饰文字的背景。这种方法具有鲜明的图案装饰效果，但应注意装饰风格与文字内容的协调性。

装饰作为设计语言已经为大众所熟知，欧文·琼斯（Owen·jonss）出版的《装饰的基本原理》一书曾对装饰进行过系统的分类，诸如阿兹特克式、伊丽莎白式、罗马式、伊斯兰式，等等。

无论是汉字系统或者拉丁字母系统都有大量运用装饰笔画的方法来进行字体的设计，比如汉字中的鸟虫篆和花鸟字、拉丁字母中的花园体和莱却斯·奥尼斯体等都是有装饰风格的字体。但在字体装饰设计要考虑以下几个因素：字体变化要统一，体现出设计的整体美感；字体的变化要符合文字的含义；字体的变化要注意识别性，过分的变化会失去字体的视觉

传达功能。（图4-17、图4-18）

以下是几种常用的字体装饰设计方法：

1. 主体装饰

主体装饰即对文字本身进行装饰，要注意的是所加的装饰不能干扰构字的线条，更不能影响文字的识别性。如在字的笔画中添加纹样或图案，但所添加的纹样或图案要与字体的本意相结合。（图4-19）

2. 背景装饰

背景装饰字体设计是指在文字的背景上加上相应的装饰图案或图片等，起到烘托、渲染、增加文字内涵的作用。但在设计时要注意，背景只起到一定的装饰作用，不能喧宾夺主，起到画蛇添足的反作用。（图4-20）

3. 连接装饰

连接装饰字体设计是指字与字之间可塑性强的笔画或笔画上的装饰有机地连接贯通，使一组字形成一个整体，从而产生均衡、统一、有韵

律的美感。可以把一个字的笔画连贯起来，也可以把相邻的字互相连接从而产生均衡与对齐、对比与统一等充满韵律的美感。（图4-21）

4. 线条装饰

线条装饰字体设计是一种常见的装饰手法，是指用单线条或多线条对文字笔画进行装饰，使字体形象更为丰富和美观。（图4-22）

5. 重叠装饰

重叠装饰字体设计可以是字与字的重叠，或者是笔画与笔画之间的重叠，以及图案、图片与字的重叠。重叠的目的是为了增加层次感，通过重叠构成互依性形象，更能增加字体的新特性。但设计时要注意重叠的次序，多数是后面的笔画叠住前面的笔画(有时也会有前面的笔画叠住后面的笔画)、副笔画叠住主笔画，不能为了重叠而重叠，应注意识别性。（图4-23）

图 4-17　汉字的装饰性变化

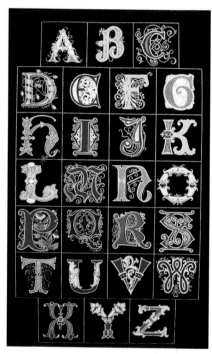

图 4-19　主体装饰

图 4-18　拉丁字的装饰性变化

图 4-20 背景装饰

图 4-21 连接装饰

图 4-22 线条装饰

图 4-23 重叠装饰

作业点评：

优:

75　利用中国剪纸的传统图形与文字的含义有机结合在一起，设计时使用黑体字，与剪纸图形形成鲜明对比，但又和谐统一。

76　用线条对文字笔画进行装饰，字体形象丰富和美观。

良:

77　装饰图形与字体组合基本协调，但整体视觉效果略显呆板。

78　字体与图形装饰主次分明，但装饰图形过于琐碎，有些脱节。

79　装饰图形中的人物风格与字体风格统一和谐，但均以线条的形式表现，略显单一。

不足:

80　字体的装饰过于简单，字体识别性差。

作业范例：

81 主体装饰

82 背景装饰

83 主体装饰

84 主体装饰

85 背景装饰

86 主体装饰

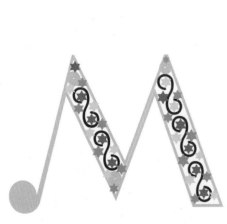

87 主体装饰

88 背景装饰

89 背景装饰

90 主体装饰

91 背景装饰

92 主体装饰

93 主体装饰

94 背景装饰

95 主体装饰

96 背景装饰

97 背景装饰

98 主体装饰

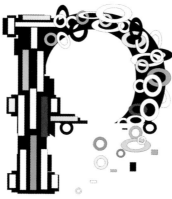

99 主体装饰

100 背景装饰

三、字体的符号化设计

字体的符号化设计是用与符号结合或用符号替代的方法，来改变字体的整体或局部笔画。字体的符号化设计也可以叫做图形化设计，这种字体设计的方法一直为设计师广泛运用。图形符号是一种高度融合的信息传达方式，本身具备简洁明了的特征，借用相关的符号，形象或间接地隐喻出文字的内涵，与字体结合很容易达到"因义赋形"的设计目的。（图4-24、图4-25）

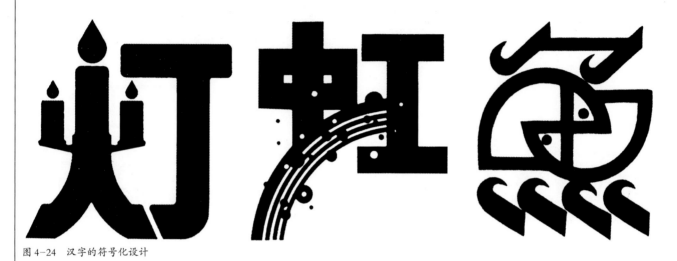

图4-24 汉字的符号化设计

图4-25 拉丁字的符号化设计

作业点评：

优：

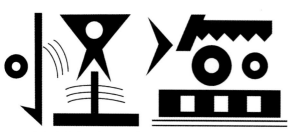 

101 字体设计利用圆和一些有机图形使部分笔画符号化，充分体现了文字的含义。

102 利用耳机的图形与"音乐"英文中的"i"字母有机地结合在一起，使图形符号与文字含义相吻合。

良：

103 用两个坐着的人物图形替代"坐"字中的"人"字，构思巧妙，但设计时没有注意整个字体笔画的空间关系。

104 利用炸开的火花与裂开的"炸"字笔画巧妙结合，但如果整个"炸"字都统一使用黑体字笔画，可能效果会更好。

105 以音符、五线谱和音乐的英文字母巧妙地组成图形，表现轻松快乐的感觉，但文字识别性稍差。

106 把"走"的英文字母用两个牵手走路的卡通形象表现，活泼有趣，但字体过于图形化，识别性稍差。

107 以代表雌性的符号替代"女孩"英文中的"g"字，还加了一朵装饰的小花，构思巧妙，但设计时没有注意几个字母间的空间关系和整体视觉美感。

108 以问号替代"思"字的部分笔画，使文字的含义与替代的符号相吻合，但因字体部分笔画缺省而整体感觉太空。

不足：

109　以嘴巴的图形替代"宣"字的部分笔画，但纯粹是为了符号化设计，而"传"字未经设计，缺少整体感。

110　字体设计没有识别性，只有"心术"两个字，根本不能完整地传达出所想要表达的意思。

心术不正

声东击西

111　设计替代字体笔画的符号过于牵强，而且替代的图形与文字的含义也不相符，识别性差。

作业范例：

112　拉丁字笔画符号化

113　汉字笔画符号化

114　拉丁字笔画符号化

115　拉丁字笔画符号化

116 拉丁字笔画符号化

117 汉字笔画符号化

118 汉字笔画符号化

119 拉丁字笔画符号化

120 拉丁字笔画符号化

121 拉丁字笔画符号化

122 汉字笔画符号化

123 拉丁字笔画符号化

124 拉丁字笔画符号化

第三讲

字体设计的表现手法

一、直接表现

字体设计的直接表现手法就是运用具体的形象直接表达出文字的含义,然后直接替代字体的部分笔画或整体形象。直接表现手法主要有以下几种:

1. 字形形象表现:是指利用字体的外形特征与某一物象的特性紧密结合,构成一种新的视觉形象的表现手法。(图4-26)

2. 字义形象表现:是指依据字体本身的含义,用具体的物象表现所要表达事物的特征。与字形形象表现所不同的是用具体物象表现字体的含义。(图4-27)

3. 形义结合表现:是指利用字体含义的相似性和字形的相似性进行构成,而得到一种新的视觉形象的表现手法。(图4-28)

图4-26 字形形象表现

二、肌理表现

肌理是指物体表面的物理纹理。不同的肌理变化会带给我们不同的视觉与心理感受。将肌理的表现与文字设计相结合,具有空间混合效果,能增加文字表面的丰富性,这也是一种应用非常广泛的设计手段。肌理表现的手法主要有:

1. 拼贴:将不同材料、不同的形态方式、各种色彩、各种手段(印刷、切割、摄影等)与文字结合到一起,可以按照一定的规律或无规律的打散重构而得到新的视觉形象。(图4-29)

2. 材质:给字体本身赋予自然界能感触到的物质,形成独特的材质字体。(图4-30至图4-32)

图 4-27　字义形象表现

图 4-28　形义结合表现

图 4-29　纸张拼贴的肌理表现

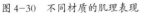

图 4-30　不同材质的肌理表现

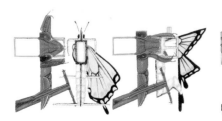

图 4-31　不同材质混合的肌理表现

图 4-32　不同材质的肌理表现

三、立体风格

把文字用三维空间图示法表达出来，使其更有冲击力。立体表现的手段有：

1. 阴影效果（图4-33）
2. 浮雕效果（图4-34）
3. 透视效果（图4-35）

四、色彩与调子

色彩本身具有强烈的性格趋向，每一种色彩都具有象征意义，当视觉接触到某种颜色，大脑神经便会接收色彩发放的讯号，即时产生联想，例如红色象征热情、蓝色象征理智。经验丰富的设计师，往往能借色彩的运用，勾起一般人心理上的联想，从而达到设计的目的。

色彩也能增加空间感，如果将其巧妙地应用到设计中，可以使字体设计表现更丰富。（图4-36）

图4-33　立体风格的阴影效果

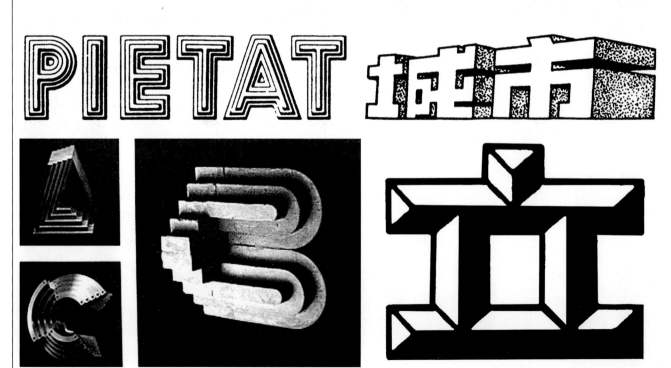

图4-34　立体风格的浮雕效果

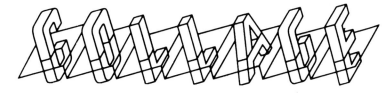

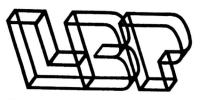
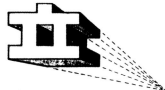

图 4-35　立体风格的透视效果

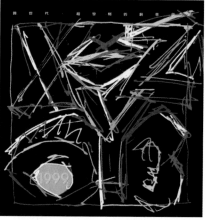

图 4-36　各种不同的色彩与调子

五、手写风格

手写字体设计是将字体进行个性化的演绎。因而，它不同于印刷字体，有着一种自由的感觉和个性色彩，具有不可模仿的随意性和独特的视觉优势。这些字体所应用的材料、媒体、风格反映了信息的内涵：或喜庆，或庄重，或轻松，或是有非常重要信息，或是随心所欲地抒发情绪。在字体设计中，手写字体无拘无束的表现手法总能激发出无限的灵感和创意。

手写方式表面上具有自由性，作为一种应用字体，它同样必须符合字体设计的造型法则和视觉规律。贺卡、请柬，或者海报都可以用手写方式，利用色彩加以强调。尤其是手写字母或者数字提供了非常精彩的幽默和智慧的灵感，因为它们与图形要素有时会结合得非常好。

形式自由的手写体与字标、海报、包装、卡片等结合可以取得非常好的效果，书写规范的书法体可以应用在证书、公文以及文本中。在单个字母和文本中增加书法字体可以丰富设计的感觉。在欧洲早期的手稿或羊皮纸中发现的书法手迹都采用鲜亮的颜色进行奢华的装饰和设计，在当时的社会中具有很高的地位。

中国的书法历史源远流长，意境深远。汉字书法字体的使用能产生具有特定韵味的效果。

规范标准的印刷字体与书法笔触的结合，随心所欲的书写，自由而个性化的造型，能将文字的魅力尽情表现。（图4-37、图4-38）

图4-37　汉字的手写风格

图4-38　拉丁字的手写风格

作业点评：

优：

125　用具有代表性的京剧脸谱替代字体的部分笔画，以表达"京剧"文字的含义，设计构思巧妙，整体协调。

126　用舞动的两个人形替代字体的部分笔画，形义结合恰到好处。

127　以一把刷子替代英文"刷子"首写字母的笔画，形义相吻合。

良：

128　以具象的足球和踢球的脚来表现"足球"，但"球"字的设计过于草率。

129　用正在响铃的电话具象图形来表现英文的"响"字，但图形和字母之间的连接不够协调。

130　用手绘形式的作揖手势图形来替代"祝贺"的部分笔画，构思巧妙，但设计时没有注意字体间的大小和笔画间的疏密关系。

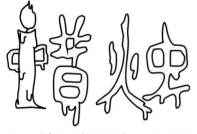

131　用手绘的蜡烛图形替代字体部分笔画，并且以熔化的蜡烛形象表现字体，但设计时没有注意字体的空间关系和整体的视觉美感。

132　以手绘的形式来表现文字，较有趣味，但与文字的含义联系不大。

不足：

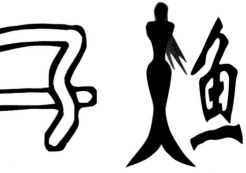

133　以西红柿的图形来表现"西"字，识别性差，容易误读。

134　直接把一个茄子强加到"茄"字上，基本没有设计可言。

135　以美人鱼的图形来表现"人"字，与"鱼"字结合，识别性差，而且图形也没有美感。

作业范例：

136　汉字的字义形象表现

137　拉丁字的字义形象表现

138　汉字的形义结合表现

139　汉字的形象表现

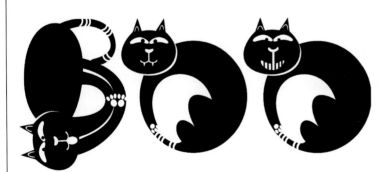

140　拉丁字的字形形象表现

141　汉字的字义形象表现

142　汉字的字义形象表现

143　汉字的字义形象表现

144 汉字的字义形象表现

145 汉字的字义形象表现

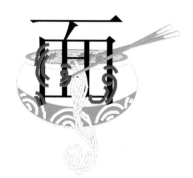

146 汉字的字义形象表现

147 拉丁字的形义结合表现

148 拉丁字的字义形象表现

149 拉丁字的立体风格阴影效果

150 拉丁字的字义形象表现

151 拉丁字的字义形象表现

152 汉字的字形形象表现

153 汉字的字义形象表现

第四讲

字体设计的基本步骤

一、选定文字的固有字体作为基本设计字体。（图4-39、图4-40）

二、从不同的角度进行构思，选用几种不同的创意方法，初步得到几套方案。（图4-41）

三、在几套方案的基础上，以多种表现手法进行设计，看看方案的可行性和效果如何。（图4-42）

四、经过筛选方案，把3—5套较满意的方案完整化。（图4-43）

五、再选出满意而可行的方案继续进行调整，反复多次，直到满意为止。（图4-44）

六、把基本设计好的方案放大、缩小、变换颜色，或与背景相结合，以得到最满意的效果。

七、把完成的作品进行标准化制作，然后备案、打印出来。

图 4-39

图 4-40

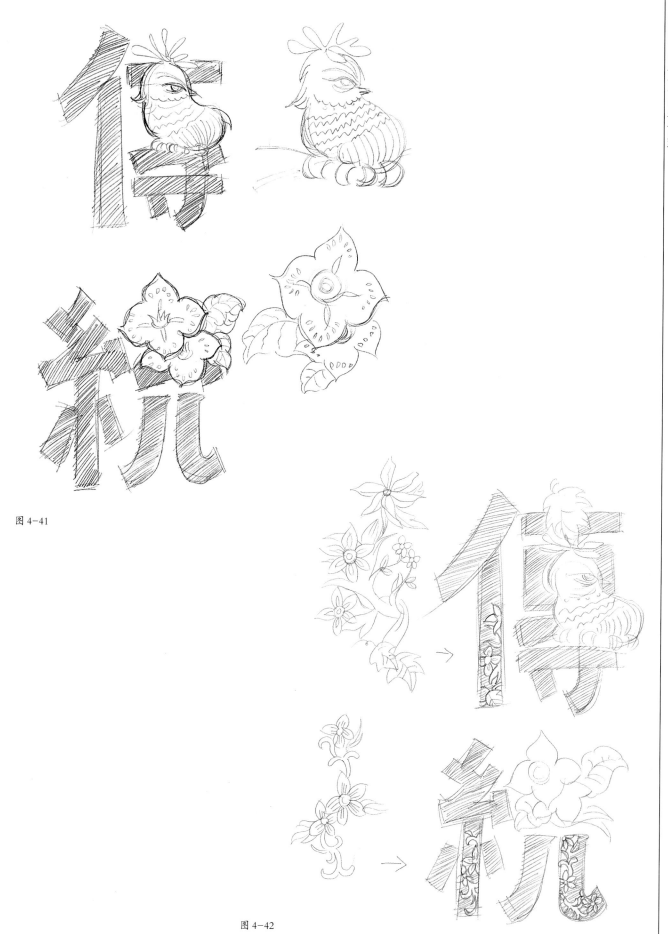

图 4-41

图 4-42

图 4-43

图 4-44

思考题：

　1. 字体设计的目的是什么？

　2. 字体设计为什么要在字体原有结构形态基础上进行？

　3. 如何掌握字体设计的创意方法和表现手法？

作业：

　字体创意设计

　一、字体设计的基本创意方法

　1. 字体的结构性变化

　①拉丁字（五组）：命题自选

　→ 必选之一："Design" 要求：在栅格中进行设计。

　②汉字（五组）：命题自选

　→ 必选之一："平面设计"

要求：在栅格中进行设计。

　2. 字体的装饰性变化

　①拉丁字（一组）：运用自己姓名的拼音首字母作为创意字体

　②汉字（一组）：命题自选

　3. 字体的符号化设计

　①拉丁字（两组）：命题自选

　②中文（两组）：命题自选

　二、字体设计的表现手法

　1. 直接表现

　①拉丁字（三组）：命题自选

　②中文（三组）：命题自选

　2. 肌理表现

　①拉丁字（两组）：命题自选

　②中文（两组）：命题自选

　3. 立体风格

　①拉丁字（三组）：命题自选

　②中文（三组）：命题自选

　4. 色彩与调子

　①拉丁字（一组）：命题自选

　②中文（一组）：命题自选

　5. 手写风格

　①拉丁字（一组）：命题自选

　②中文（一组）：命题自选

第五课 字体设计在平面设计中的应用

课程名称：字体设计在平面设计中的应用。

授课时数：十六学时。

教学目的：1.通过平面设计中的字体设计范例赏析，学习字体在平面设计（包装、招贴海报、标志设计、书籍装帧、型录和pop广告、网络及影视）中的应用及其意义。

2.进一步探讨字体设计的基本程序，把握字体设计形式美的规律，为更好地运用字体打下良好基础。

教学重点：设计中功能决定形式，认识设计中字体所服务对象的要求，巩固对字体设计课程的学习，加强对字体设计方法的理解。

教学难点：研究在各平面设计形式中文字的形态与排列方式，真正掌握文字创意及字体设计的方法，体会专业的基础性与实践中的应用性的结合。

教学内容：字体设计在平面设计中的应用。

第一讲

包装设计上的字体设计

　　包装设计中的字体作用独特，其主要原因是销售方式的改变。自选商场无人售货等现代销售方式的建立，使得包装不仅作为存放、保护商品的一般性工具，同时还担负着广告说明、介绍商品、售后服务等作用。从被包装商品的特性来说，文字的意象表现将决定该包装设计的成败。如何通过文字笔画、形态准确传达该商品要传达的信息，让消费者有购买的

行动，是该包装策划设计成功的关键。

　　根据文字在包装中的不同性质、特点和作用，文字可分为品牌文字、说明性文字、广告性文字三类。

一、品牌文字

　　品牌文字位于商品的主展面（即直接面对消费者的展示面），对于不同性质的商品，需要采用不同造型

风格的文字进行有机配合，使文字既新颖美观，又具有鲜明的性格特点，从而通过文字提高商品包装的注意价值，并借助字体特征强化商品信息。

　　（一）食品类包装

　　1.酒类包装

　　白酒和礼品酒类多强调品质与文化背景，果酒设计多重气氛，啤酒则针对品牌有古典和现代等多种风格的设计。（图5-1至图5-4）

图5-1　葡萄酒　Barrie Tucker
　　通过层次丰富的字体变化、疏密关系变化营造传统、经典而优雅的气氛，准确传达酒的品质。

2. 饮料包装

字体设计根据商品性质有不同侧重点,咖啡和茶饮料设计较强调品质和文化,碳酸饮料设计则较为轻松活泼。(图5-5、图5-6)

图5-2 葡萄酒 迈克尔·奥斯本设计公司
　　组合字体设计识记性强,富于拓展性,可根据不同口味类型结合图案不断变化。

图5-3 葡萄酒 迈克尔·奥斯本设计公司
　　字体字形穿插有致,与图形相得益彰,有较强整体感。

图5-4 田中春雄
　　书法的个性化表现使字体带出特定的文化意味和历史感,字形排列既稳又活。

图5-5 品名字体设计如印鉴般方正稳定,与动感较强的背景图案形成强烈对比,疏密关系得当。

图5-6 可口可乐 陈幼坚
　　字体设计动感、流畅,统一中富于变化,传达商品信息到位,识记性强。

3. 食品包装

图5-7　炒面酱、甜菜酱　宫永忍
　　　　字形随意中有变化，切合商品品质。

图5-8　巧克力包装　花岗学
　　　　字体精致简洁、识别性强。

（二）药品类包装

字体设计朴实平和，清晰易辨，切中消费者心理，产生信任感。(图 5-9、图 5-10)

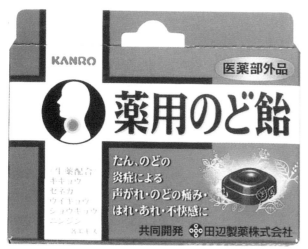
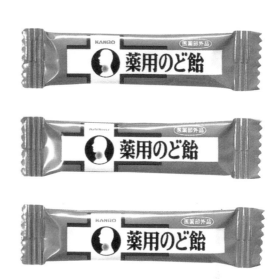

图 5-9　西村英明

字体明晰醒目，实用性佳。

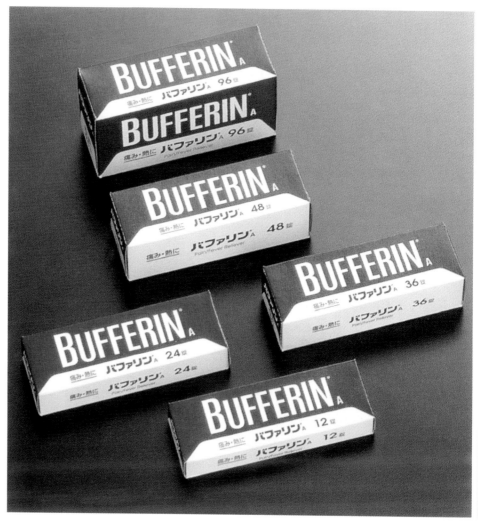

图 5-10　丸本彰一、佐藤雅洋、二宫昌世

字形规整，简洁而富信任感。

（三）化妆品类包装

字体设计手法简练、精致，强调独特的识别性。（图5-11至图5-13）

图5-11　粉底盒　林千博

　　字体组合空间处理恰当，简洁清晰。

图5-12　男士化妆品　金子阳一

　　通过字形有节奏的变化形成独特识别。

图5-13　资生堂BOLTY化妆品　佐藤卓

　　专为男士设计的系列护发洗发用品，字形清晰有力，视觉冲击力强，契合产品定位。

（四）日用及其他

图5-14 厨具包装 陈幼坚

书法作为设计元素运用得十分恰当，字体设计颇有意味，"意"与"象"紧密结合。

二、说明性文字

包装上的产品成分及比例、使用方法、功能效用、适用范围、生产日期、保质期、管理生产或经销商家及其联系方式、产品规格等都属于说明性文字，多位于商品包装的次展面（相对于主展面而言），为消费者提供具体了解商品、正确使用和保存商品的说明性、说服性信息。

说明性文字在包装中需使用正规的印刷体，字号较小，排列较规范，因而在设计中多采用宋体、黑体或其他清晰、规整、易识别的字体，便于印刷和消费者阅读。（图5-15、图5-16）

图5-15　字体选择及排列都较规范，清晰易辨。

图5-16　不在字体上做过多变化，通过变换背景及字体颜色区分不同段落。

第二讲

招贴海报中的字体设计

招贴也叫海报，字体与编排设计是其重要内容。文字内容作为标题、说明出现在招贴里，文字本身也可以作为设计的直接表现对象。

海报的标题一般采用醒目的粗字体，和背景对比强烈。海报中的其他说明文字的编排形式要根据海报的风格，与画面的构图和色调相协调。海报是重要的平面设计领域，有无数的经典作品值得借鉴，要在欣赏中总结字体设计在海报中的应用方法和诀窍。（图5-17至图5-25）

图5-17 下岗茂（日本）
竹尾纸展海报，整个幅面均以油墨肌理表现，首字母设计简洁而突出，紧扣主题。

© 1990 Playboy

图5-18 花花公子字体 麦翠丝（美国）
字体设计诙谐有趣，自由随意，拟人化的表现手法。

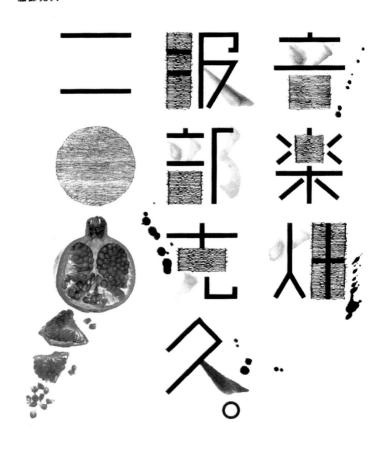

音楽畑20

Comme d' habitude

服部克久

2003.9.25 ON SALE

图5-19　新岛实（日本）
　　　　构成风格的几何色块，错落有致地拼贴，增强了单个字母的表现力。

图5-20　浅叶克巳（日本）
　　　　将肌理、图片作为构成元素代入工整的印刷字体中，在框架格式中寻找细腻变化，富于现代感。

图5-21　南部俊安（日本）
　　　　JAGDA（日本平面设计师协会）海报展，"木"不断的透叠延展制造出丰富的层次，反映"clean water"的主题。

图5-22　游明龙（台湾）
　　　　年度主题海报《祈求平安》，字体豪放有力，视觉冲击力强，传统文化及视觉元素与现代设计观念相结合，旨在反映灿烂的中国民族文化和时代精神。

CLEAN
WATER

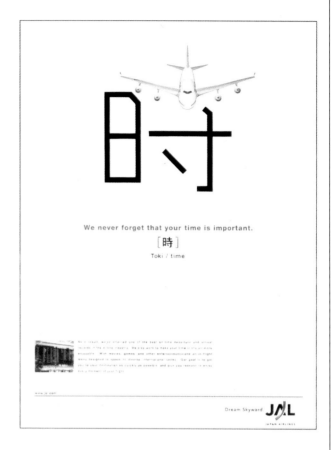

图5-23 堀笼正树（日本）

　　航空公司宣传海报，以图片巧妙置换文字笔画，简洁明了地点题。

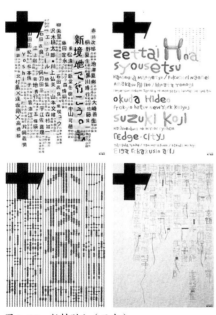

图5-24 新村则人（日本）

　　文字风格、节奏变化多样，自由但不松散。

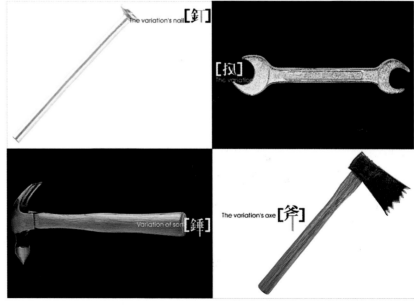

图5-25 吴红梅

　　文字设计与图形设计巧妙结合，相互呼应，简洁明了。

第三讲

标志设计中的字体设计

图5-26 北京2008奥运会会徽

四万年前的原始社会时期，原始人就开始用刻、划、画的方式在岩石上用图形、标记来表达基本思想，加之声调和体态形成了人类原始文字，也是语言发展的前身。每个民族拥有自己的语言，并用不同的文字记载。但是还没有哪种文字成为真正的世界语。标志、标记、符号等视觉图形，已成为新的国际化的符号语言。

以文字作为符号的形式来进行标志的创意，具有很强的艺术表现力和视觉感染力，是标志设计的重要组成部分，也是近年来标志设计的新导向。汉字作为信息媒介的一种视觉符号，本身包含特定的造型理念，人们凭借对文字独特意味的"形"来传递信息，通过对形的认识、理解并将之转化为形以外的"音"与"义"，并由此产生交流与沟通，了解信息传达的真正内涵。

标志是一种视觉图形，但是文字标志同时具有语言特征和语音形式。目前，以汉字或以拉丁字母为设计元素的标志屡见不鲜。在我国，汉字深为设计师所喜爱，他们常结合字体本身和融合我国文化底蕴而设计出许多优秀的作品。北京2008奥运会

会徽就是一个典型的例子。（图5–26）

一、字体标志设计的表现形式

1. 以企业名称或品牌名称构成的标志，内容明确、直观了然。（图5–27至图5–33）

图5–30　日本卡西欧

字体以有力的线条和精致的细节体现电子产品的现代感。

图5–27　美国3M公司

3M公司，是世界著名的产品多元化跨国公司，业务跨工业、化工、通信、医疗、建筑材料等多个领域，字体以简洁而强有力的设计构成其适应性、拓展性极强的企业形象。

图5–31　艾斯普雷特时装

首字母"E"的设计成为其品牌的独特识别，造型简洁。

图5–28　美国7–11便利店

采用无饰线体，字形直截了当，符合其便捷、便利、服务大众的经营形象，易于识记。

图5–32　美国吉列卫生护理用品公司

以制造男性日用品及化妆品为主，字形干脆利落，契合企业形象。

图5–29　中国康师傅方便面

字体设计传统中透着轻松，与卡通人物组合建立起有亲切感的经营形象。

图5–33　日本三洋集团

无饰线体带出现代感，渐隐的两组平行线条体现企业经营有无限拓展的可能。

2. 以企业名称或品牌名称的词头字母构成的标志,简洁明快、组合灵活、形式感强、识别性强。(图5-34 至图5-41)

下面是拉丁字母在标志设计中常用到的几种变化组合方法:

(1)最简单的方法是让两个字母共用笔画,巧妙运用颜色可以强调某一字母的作用。

(2)将字母的颜色进行变化。

(3)修整字母的某些笔画,使其变化。

图5-36 中国银行
传统古钱币样式与"中"字的自然融合,形简意赅,识别性强。

图5-37 中国文联
由古篆体"文"字结合圆形设计,文字构成拟人化形象,喻联百家之人,作百家之文。

图5-34 法国圣罗兰化妆品
字形结体的方式优雅、自然,识记性强。

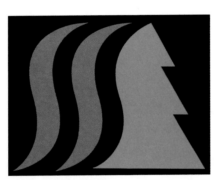

图5-38 中国杉杉服饰
紧扣21世纪"环保、生态平衡、绿化"的世界性主题,首字母以水形顺绿杉树之势而走,力求把大自然的意蕴融于其中,喻欣欣向荣之意。

图5-39 中国同安堂制药
巧取字母组合成传统药房建筑式样,对称造型稳定具信任感,同时A字母的设计也展现其不断创新、突破的经营理念。

图5-35 韩国S1公司
时尚服装品牌,虚与实相辅相成,构形巧妙,体现品牌精致的细节与品质。

图5-40 美国摩托罗拉公司
字体设计采用绝对对称的形式,体现其产品的高尖端技术和锐意进取的经营理念。

图5-41 中国王府饭店
标志整体造型传统、平和、大方,造型简洁而不失细节,展现其得天独厚的地理位置及服务品质。

3.利用图形（案）与文字相组合或者把文字装饰起来的标志，象征意义明确，应用更广泛。

装饰字是以字的基本形态为基础进行装饰、变化加工而成。它的特征是在一定程度上摆脱了字体的字形和笔画的约束，利用字"象形""会意"的特点将字形的结构转化为图形的意象，或加入其他图像点出主题。它往往以丰富的想象力，运用夸张、增减笔画形象、变体装饰等手法，重新构成字形，并通过文字本身的点画和字形结构去反映形体美，体现用笔美、结构美、意境美，也就是"以形写意"。（图5-42至图5-46）

二、手绘字体在标志设计中的运用

手绘字体设计形式可分为两种。一种是直接使用传统书法字体或名人题字，另一种是为了突出视觉个性，追求手绘字体的某种意味而以书法技巧为基础特意设计。

利用手绘字体进行设计，具有特定的视觉冲击力，新颖、活泼、画面富有变化。但是，手绘字体也会给视觉系统设计带来一定困难，如进行系统整合时与其他图案是否相协调，是否便于快速识别，等等。

中国传统书法在我国具有三千多年的历史，早已发展为一门多姿多彩、可鉴赏把玩、陶冶性情的艺术，其内容也十分丰富，书体纷呈，风格各异。历代书法家及书法艺术实践者的创作活动，更赋予了汉字丰富的内涵，呈现出异彩纷呈的艺术风格，吸收书法艺术的成果可以丰富字体内容，提高字体本身的艺术效果。比如陈绍华先生设计的"申奥标徽"在表现手法上应用了感性化的较为自由的书法笔触效果。（图5-47至图5-49）

图5-42 香港书画文玩会
以古钱币、卷轴作为符号结合文字点题。

图5-43 中国著名学府
将中国传统建筑样式符号化置入"学"字的繁体字形中，点出"学府"之题。

图5-44 中国邮政
"中"字与邮政网络的形象互相结合、归纳变化而成，并在其中融入翅的造型，喻"鸿雁传书"之意。

图5-45 美国百事饮料
品牌文字雄健有力，图形曲线律动感强，用色对比强烈。

图5-46 美国可口可乐公司
可口可乐的瓶型已成为其标志性的符号，与流畅、动感的字体结合建立起可口可乐强有力的独特形象。

图5-47 中国读者杂志名
由原中国佛教协会主席赵朴初先生所写，结体严谨、笔健挺拔、舒展大方，与《读者》办刊宗旨相合。

图5-48 日本Rakuich Saikan餐厅
以印刷体结合书法体设计，稳中有活，轻松随意。

图5-49 名古饼屋
字体由隶书变化而来，字形扁阔，端正匀称，有较强的地域特色。

第四讲

平面广告中的字体设计

在型录、DM、POP 广告版面的设计中，作为视觉传达的载体，主要运用文字、图形、图案和色彩的有机组合，达成富含信息量的版面，以传递商业、文化等方面的信息。

文字样式的设计对版面起着决定作用。此时文字的形态是与整个版面一体化的，文字的大小、疏密，色彩的轻重和在画面中的位置都直接影响到作品的最终效果。通过专业的字体设计与文字编排，使图文的阅读顺畅舒适，版面视觉贴切、愉悦。

文字编排设计可说是文字造型设计的整体表现，因为文字编排设计在顾及版面视觉效果的同时还要考虑文字阅读的顺畅性等制约，以及适应不同字体的阅读习惯。除了适合地掌握文字的表象外，还要明白文字的内在涵义。如此才能全盘地掌握文字，在编排顺畅的同时，提升整体意念的传达和版面的形式美感。

根据内容的不同，在版式编排中文字设计主要集中在以下几个方面：

1. 字体选择：根据内容、风格等特性，选择合适的标题与正文字体非常重要。

（1）标题字体的设计：将有关广告的观念或商品特征以简洁的文字表现于醒目的位置，常用醒目、易于识别的字体。（图 5-50、图 5-51）

（2）正文字体的设计：用于详细介绍商品或宣传信息的内容或资料。由于正文是供人们作稍长阅读的部分，所以考虑易读性。作为平面广告的整体部分，正文要处理好与标题、图形图像的整体构图，在不妨碍易读的情况下，也可以将正文编排成图形，以增加画面的趣味性。（图 5-52 至图 5-54）

2. 字体变化：在现代设计中，文字已经不是单纯地传递信息，而是更多地追求个性化风格化的形式语言，以求脱颖而出获得最大的眼球关注，所以，所有形式上的变化都可以拿到广告画面上表达。（图5-55、图5-56）

3. 版面的空间规划：画面中文字数量的多少将造成画面轻重、均衡等效果。

文字编排构成的首要任务是版面文字的视觉化处理，也就是在一定的版面内，把文字、图片或插图等设计元素进行适当地分割，使之易看、易懂，从而唤起受众的兴趣。但编排不只是将文字与图片作适当地组合，还要在编排与构成中创造一个恰当的空间。（图 5-57、图 5-58）

图 5-50　传媒研究所·IMI 大学　奥村昭夫

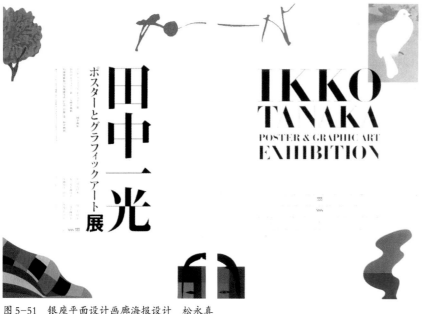

图 5-51　银座平面设计画廊海报设计　松永真

图 5-52　展览会目录　马瑟尔·杜查姆普

图 5-53　巴比肯剧院海报设计

图 5-54　美孚事实通讯 G&G 公司

图 5-55　番画廊招贴设计　Tamotsu Shimada

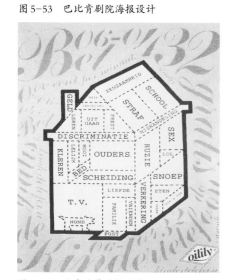

图 5-56　儿童服装海报设计

图 5-57　JR 东日本旅客铁道海报设计　吉田直树

图 5-58　东京都中央区海报设计　松永真

第五讲

书籍装帧设计中的 字体设计

书籍利用文字、符号、图形记载着人类的思想和情感，传播人类文化。作为书籍的基本元素——文字，是记录人类的智慧和思想情感，保存和传达这些智慧和思想的媒体。通过对文字形状的识别，产生内容联想。字体识别在阅读中首当其冲，字体识别的构成因素有字体、字号、字型。其中字体包括印刷常用的字体（中文有宋体、黑体、楷体、仿宋体，拉丁字母有罗马体、无饰线体），还有艺术字体（设计字体）等。字体的选择、字号的大小、字型的长宽等等，会给读者带来不同的感情色彩。了解不同字体所带来的感情特性，对版面设计表现书籍内容是不可缺少的词汇。书籍字体不同于广告性字体是由阅读的功能所决定的。

书籍包含了封面、扉页、目录、正文和封底等内容，文字的空间关系贯穿了整个书籍装帧设计。以下从书籍外观到内页来说明文字在书籍装帧中的应用。

一、书籍外观设计

书籍的封面、书脊、封底直接向外界传达信息，包含了此书的主要识别信息，字体设计需准确定位，明确传达这是一本什么类型的、什么内容的书。（图5-59至5-61）

二、内页文字编排

内页正文部分的编排需对文字所占据的空间比例进行处理，字体的选择、行距和字距、如何分栏等使人产生不同的页面视觉感受，同时应与外观设计紧密联系，使之成为一个生动的整体。（图5-62、5-63）

图5-59　《MEMPHIS》杂志封面　孟菲斯设计团体（意大利）

MEMPHIS设计的领域包括家具、陶器、玻璃制品、灯具和纺织品，其设计风格是浓烈的卡通色彩和大胆的图案组合，封面的字体设计通过构成感极强的几何色块不断变化组合准确地反映了其内容。

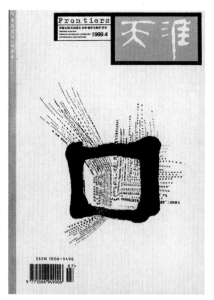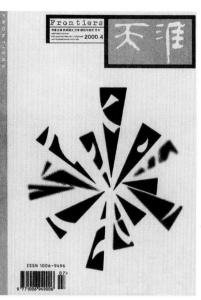

图 5-60 　《天涯》　深圳韩家英设计有限公司

　　《天涯》是海南省文联主办的一本当代中国的精英文学期刊，封面设计中文字不断地被打散、聚合、重构，暗喻文学创作探索的各种手法，形成独特的视觉形象。

图 5-61 　《商标与字体》　日本

　　两个T字母的实与虚、重与轻的处理，较好地体现了商标设计中理念与形式强有力结合的要求。

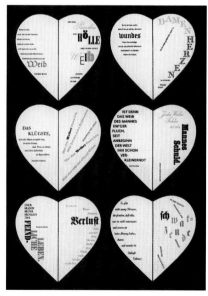

图5-63 　《女人们和男人们》Gert Wunderlich（德国）

　　文字随特殊造型走势排列，字体选择多样，规整中有自由变化。

图 5-62 　《For the voice》书籍设计　埃尔·李西斯基（俄国）

　　各字体有机组合于一定框架中，变化不同的分割方式，统一而有变化。

第六讲

网络及影视中的字体设计

在影视、网页及多媒体中的字体，99% 是用来在屏幕上阅读的，而问题在于，屏幕的解析度要比纸张低得多，所以如果直接把字体按照纸张上印刷的那个大小显示，肯定是看不清的，仅就字体而言，许多细微的点画、衬线都没法在那么低的解析度下表现出来，所以我们只能用专门设计给屏幕显示的字体。（图5-64、图5-65）

思考题：

　　1. 试分析戴维·卡森、五十岚威畅、陈幼坚、靳埭强等设计大师的作品，体会大师们是如何用各自的感受结合设计需要进行字体设计。

　　2. 我们如何从优秀作品中汲取养分？

作业：

　　1. 搜集字体在平面设计中的设计范例。

　　2. 从字体的形与意上分析平面设计中的字体设计范例。

　　3. 结合设计范例或自己的作业，试分析中国传统元素在字体设计中的运用。

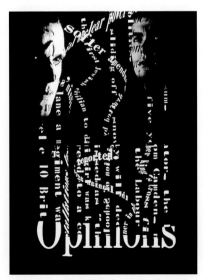

图5-64　1988年英国一个电视节目标题 英国 M&P 公司设计

　　文字不断运动，形成线与面交织、运动的空间，字体选择上多以易辨的字形来传递信息。

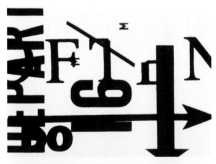

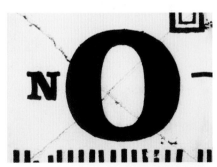

图5-65　1995年苏格兰无线广播广告　福吉·邦默公司

附《字体设计》教学大纲：

字体设计课程共分两个阶段进行授课，教学大纲分别如下：

字体设计(1)

课程名称：字体设计(1)

课程编号：

课程学分：3 学分

课程学时：60 学时

课程安排：第二学期

课程类别：专业必修课

一、课程开设的意义、作用和地位

字体设计是探讨文字的造型理论与视觉规律的设计基础课程，字体设计是专业设计基础课程的重要组成部分。字体设计将贯穿平面设计专业的每一个专业课程，是非常重要的专业课程之一。

二、教学目的、任务和要求

教学目的：一年级的字体设计课应以拓展学生眼界，提高视觉美感为主，重点在于认识和鉴赏。认识历史上各个时期文字的特点，并训练学生的动手能力。大量收集描摹各种字体设计在平面设计中的运用，提高感性认识，提高审美能力，培养学生主动进行字体设计的意识。认识到字体设计将贯穿平面设计专业的每一个专业课程，是非常重要的专业课程之一。

任务和要求：全面而系统地了解与认识文字的基本骨骼、文字的自身意义与视觉设计的基本规律、各种造型手段以及字体设计的历史变革，学会借鉴世界优秀设计师的经验和方法。

三、教学内容与教学安排

第一阶段：字体设计概述

第一讲　字体设计的概念与意义

第二讲　字体设计、书法艺术及印刷字体的区别

第三讲　字体设计的基本原则

第四讲　字体设计课的重要性

第二阶段：字体设计的历史发展和风格演变

第一讲　文字的起源

第二讲　汉字的演变与发展

第三讲　拉丁字母的起源

第四讲　现代字体设计的发展

第三阶段：字体的基本结构和形式特点

第一讲　汉字的基本结构与形式特点

第一节　汉字的构造

第二节　汉字的基本笔画与形式特点

第三节　汉字书写的一般规律

第二讲　拉丁文字的基本结构与组合规律

第一节　拉丁字母的基本特点

第二节　拉丁字母标准印刷字体笔画结构分析与书写规范

第三节　拉丁字母书写的一般规律

四、教学方法的原则性建议

任课教师依据此大纲制定教学教案,教案必须包含教学大纲所规定的教学内容。课程使用多媒体进行授课,字体设计课应以拓展学生眼界、提高视觉美感并能在特定的空间设计出满足实用需求和符合视觉审美的文字为根本。

一年级学生字体设计课的作业应该以大量收集、描摹各种字体设计在平面设计中的运用为主,主动创意设计为辅,课程考核及具体作业量由任课教师拟定。

五、课程考核方法和标准

本课程的考核评定随堂进行,以完成各阶段课题要求的作业为主要对象。评定成绩以100分制记,并由两部分组成:

第一部分由任课教师对整个学习过程的评定(30%);

第二部分由专业教师集体对学生作业进行评分(70%)。

六、参考书目:

《字体设计》余秉楠 编著 湖北美术出版社

《美术字设计基础》王亚非 编著 辽宁美术出版社

《西方字体设计一百年》【英】路易斯·布莱克威尔 著 上海人民美术出版社

《2004日本字体与平面设计大奖年鉴》日本专用字体设计协会编 上海人民美术出版社

七、教学大纲编写人、审定人

本教学大纲由平面设计专业教师集体讨论审定。

字体设计(2)

课程名称:字体设计(2)

课程编号:

课程学分:3学分

课程学时:60学时

课程安排:第三学期

课程类别:专业必修课

一、课程开设的意义、作用和地位

字体设计是探讨文字的造型理论与视觉规律的设计基础课程,是专业设计基础课程的重要组成部分。字体设计将贯穿平面设计专业的每一个专业课程,是非常重要的专业课程之一。

二、教学目的、任务和要求

教学目的:二年级的字体设计课应以拓展学生眼界,提高视觉美感,提高设计思维意识和字体的造型能力为主,并能在特定的空间设计出满足实用需求和以符合视觉审美的文字为根本。认识到字体设计将贯穿平面设计专业的每一个专业课程,是非常重要的专业课程之一。

任务和要求:全面系统地学习字体设计的规律与方法,学会借鉴世界优秀设计师的经验和设计方法,结合现代设计的思维运用到具体的设计实践当中。

三、教学内容与教学安排

第一阶段:字体设计的创意方法

第一讲 字体的基本结构与变化

第一节 字体的基本结构

第二节 字体的变化

第二讲 字体设计的基本创意方法

第一节 字体的结构性变化

第二节 字体的装饰性变化

第三节　字体的符号化设计

第三讲　字体设计的表现手法

第一节　直接表现

第二节　肌理表现

第三节　立体风格

第四节　色彩与调子

第五节　手写风格

第四讲　字体设计的基本步骤

第二阶段：字体设计在平面设计中的应用

第一讲　包装上的字体设计

第二讲　招贴海报中的字体设计

第三讲　标志中的字体设计

第四讲　平面广告中的字体设计

第五讲　书籍装帧中的字体设计

第六讲　网络及影视中的字体设计

四、教学方法的原则性建议

任课教师依据此大纲制定教学教案，教案必须包含教学大纲所规定的教学内容。课程使用多媒体进行授课，字体设计课应以拓展学生眼界，提高视觉美感并能在特定的空间上设计出满足实用需求和符合视觉审美的文字为根本。

二年级学生字体设计课的作业应该以大量设计实践为主，并收集描摹一定量的各种字体设计在平面设计中的运用，课程考核及具体作业量由任课教师拟订。

五、课程考核方法和标准

评分标准：

1. 评定成绩以百分制记；

2. 任课教师对学生整个学习过程以评定（30%）；

3. 平时作业、考试作业或试卷由专业教师集体评分确定（70%）。

评分主要内容：

1. 能否掌握课程的基本理论或技能（50%）；

2. 能否按质、按量、按时完成教师布置的作业(15%)；

3. 能否掌握科学的学习方法，并在作业的完成过程中有所体验、理解和探索 (20%)；

4. 综合表现、平时考勤、学习态度（15%）。

六、参考书目：

《字体设计》余秉楠 编著　湖北美术出版社

《西方字体设计一百年》【英】路易斯·布莱克威尔　著　上海人民美术出版社

《2004日本字体与平面设计大奖年鉴》日本专用字体设计协会编　上海人民美术出版社

《字体设计》陆红阳　喻湘龙　编　熊燕飞　著　广西美术出版社

《字体设计》倪伟　朱国群　陈虹　编著　上海人民美术出版社

《字体设计教程》王广文　战宁　陆熹夕　编著　中国纺织出版社

七、教学大纲审定人

本教学大纲由平面设计专业教师集体讨论审定。

图书在版编目（CIP）数据

字体设计基础教程/吴红梅等编著. —南宁：广西美术出版社，2009.2

（中国高等院校设计教程）
ISBN 978-7-80746-117-3

Ⅰ.字… Ⅱ.吴… Ⅲ.美术字—字体—设计—高等学校—教材 Ⅳ.J292.13 J293

中国版本图书馆 CIP 数据核字（2009）第 013670 号

中国高等院校设计教程

字体设计基础教程

Ziti Sheji Jichu Jiaocheng

艺术总监：柒万里　黄文宪　汤晓山
主　　编：陆红阳　喻湘龙
编　　委：周景秋　陶雄军　黄江鸣　黄卢健　张燕根　林燕宁　江　波　邓玉萍　李绍渊　卢菁菁
　　　　　韦绮梦　莫敷建　熊燕飞　尹　红　刘　佳　杨志荣　李德辉　唐胜天　李　娟　林　海
　　　　　吴海立　钟云燕　吴昊宇　梁玥亮　吴红梅　吴　芳　梁新建　李梦红　利　江　陈　雷
　　　　　农琳琳　李林森　邓海莲
本册著者：吴红梅　吴　芳
总 策 划：黄宗湖　苏　旅　姚震西
编辑委员会主任：杨　诚
副 主 任：钟艺兵　覃西娅
委　　员：陈先卓　杨　勇　林增雄　马　琳　陈　凌　吕海鹏　蓝薇薇　潘海清　方　东　韦颖俊
责任编辑：陈先卓　马　琳
责任校对：王　炜　黄雪婷　吴素茜
审　　读：欧阳耀地
装帧设计：八　人
出 版 人：蓝小星
终　　审：黄宗湖
出版发行：广西美术出版社
地　　址：南宁市望园路9号
邮　　编：530022
网　　址：www.gxfinearts.com
制　　版：广西雅昌彩色印刷有限公司
印　　刷：广西南宁华侨印务有限责任公司
版　　次：2009年2月第1版
印　　次：2009年2月第1次印刷
开　　本：889mm×1194mm　1/16
印　　张：6.5
书　　号：ISBN 978-7-80746-117-3/J·1023
定　　价：38.00元